紀曉嵐

清代文言小說代表作之一的《閱微草堂筆記》，
老邁聞，官場百態，也有下層百姓的奇事異聞，
上下各個角度，
看，顯現不同階級人物的善行與惡跡。

教你看懂

紀曉嵐與閱微草堂筆記

高談文化

yuewei caotang

目錄

《如是我聞》卷

《灤陽續錄》卷

出版序

清代名儒紀曉嵐，近年來因電視劇的播出，而成爲家喻戶曉的歷史人物，然而在當時的清廷裡，他的職位並不算太突出。他雖然活躍於乾隆時代，但一直到死前才被嘉慶皇帝封爲協辦大學士，以一品官的身分風光走完一生。

提起紀曉嵐，最爲人所津津樂道的，無非就是他急中生智的一流功夫，不但娛樂了他人，也幾番讓自己化險爲夷。由於他的機警靈敏，在君臣與同僚之間頗富讚譽，也因此獲得乾隆皇帝的賞識。然而成也機靈、敗也機靈，雖然紀曉嵐的學識淵博，卻因爲交際手腕高明，反而無法眞正參與乾隆皇的政治運籌核心，致使他仕途不佳。

紀曉嵐在乾隆心中的「腐儒」形象鮮明，雖未能在政治上獲得重用，卻因爲在學術文化上的高度成就，成爲乾隆心目中編纂《四庫全書》的第一首選，在中國學術史上留下燦爛的勳章。

紀曉嵐留下的著作不多，其中以《閱微草堂筆記》最爲著名。這本書集合了他晚年的作品，包括：《灤陽消夏錄》、《如是我聞》、《槐西雜志》、《姑妄聽之》和《灤陽續錄》等五部筆記小說，由門生以他的居所「閱微草堂」命名編成，是清代文言小說的代表作之一，與蒲松齡的《聊齋誌異》並稱，風行一時。

結合紀曉嵐豐富生活經驗的《閱微草堂筆記》，既有來自於上層社會的官場百態，也有街頭巷尾的瑣談異事，主角男、女、老、少皆有，型態貧、富、人、鬼不拘，內容多元而有趣，看似荒誕不經，卻又深含意蘊；以虛構的故事嘲諷現實的醜惡，讓讀者在發噱之際，更心酸地去面對生活中的不公允。

透過紀曉嵐的談笑風生，我們可以輕易發現，某些古代社會裡的不合理，到今天依然如是；在類型多樣的故事裡，處處潛藏著我們反省的空間和餘地。雖然《閱微草堂筆記》不若《聊齋誌異》光芒顯耀，但絕對是一部我們不可忽視的經典作品。

「教你看懂」中國文學名著系列，希望能爲讀者開啓一條通往中國文學之路的捷徑，以淺顯的文字、活潑的導引、有趣的注釋與生動的補充說明，跳脫枯燥乏味的學究式說理，重新編撰的，可以輕鬆閱讀的作品。能看懂古人的文字，就能領略他們的思想脈絡，了解當時社會文化的狀態，找出可以學習借鏡的智慧精華。因爲了解、欣賞，才能借鑑學習；因爲借鑑學習，才能延伸應用；因爲應用，才能承先啓後，激發創作的種籽。

文學的魅力不應該受限於時代、語言、國界的束縛，而文體的表達方式，也不應該只能有一種詮釋方法。就像我們想讀世界各國的文學作品，可以藉由翻譯來讀懂它的道理一樣，中國許多優美的經典文學創作，也不應該受限於文言文的隔閡，而讓現代的讀者望之生畏。中國文學作品的浩瀚精采，博大精深，如果能找到更多元的入門通道，那麼成千上萬的精采創作，將會是人人都喜歡閱讀的最佳讀物。

高談文化總編輯　許麗雯

機智風趣的紀曉嵐

紀曉嵐，本名紀昀，河北省獻縣人，「昀」是日光的意思，曉嵐是他的字。生於清雍正二年（西元一七二四年）六月，卒於嘉慶十年（西元一八〇五年）二月。

關於紀曉嵐的出生有著許多神奇的傳說。朱珪爲他寫的墓誌銘說，在紀曉嵐出生的前夕，水中夜夜有光怪，並有一道火光閃入他的出生地對雲樓，因此人們認爲他是「靈物化身」，於是「昀」成爲他的名字；另有一說是，他的祖父紀天申飯後到書房納涼，手裡捧著一卷書翻閱，看著看著便進入夢鄉。夢裡他看到一隻猴子從窗戶外鑽進來，吃完了桌上的果品，就到書櫥翻閱圖書，動作像人一樣，一部一部地翻閱，看完的便扔在地上。等到書櫥的書全都被牠丟在地上後，牠看見紀天申手中還拿著一本，就跳上來奪取，紀天申於是驚醒，才知道自己做了一場夢，而手中的書早已掉在地上。這時，一名老婢女走進書房說：「恭喜老太爺，午時一刻，大老爺房中的張夫人，添了一位少爺。」這個男孩就是紀天申的第五個孫子紀曉嵐。

這些顯然是後人穿鑿附會的傳說，但是，紀曉嵐在幼年時期具有一種特異功能倒是事實。紀曉嵐在四、五歲時，家中婢女晚上帶他到屋外去玩，他東鑽西跑，速度就跟白天一樣快。在漆黑的夜裡，他兩眼炯炯發光，不用點燈，就能看到黑暗中的東西。但隨著年齡的增長，他這種特異功能卻慢慢地消失了。他六十九歲時在《閱微草堂筆記·槐西雜志》中自述：「余四五歲時，夜中能見物，與晝無異。七八歲後漸昏闇，十歲後遂全無睹。或半夜睡醒，偶然能見，片刻則如故。十六七歲以至今，則一兩年或一見，如電光石火，彈指即過。蓋嗜欲日增，則神明日減耳。」他這時已享有盛譽，應該不會編造出古怪離奇的故事來騙人。

出生於世家大族的紀曉嵐，從小就表現出超乎常人的天賦，讀書過目不忘，才思敏捷，不僅經史子集無所不通，而且工詩、善賦、能文，尤其擅長聯語對句，有「神童」之稱。關於他的少年時期，民間有很多故事流傳。據說，紀曉嵐一日在街上與同伴們玩球，正好太守經過，不巧球誤扔進太守的官轎內。他的同伴們早就嚇得四處逃散，他居然上前攔轎索球。太守見他憨態可掬，於是說：「我有一聯，如果你能對上，我就把球還你，否則球就歸我。」紀曉嵐同意了。太守出上聯：「童子六七人，唯汝狡」。紀曉嵐不加思索地答道：「太守二千石，獨公……」最後一個字卻遲遲不說。太守問他：「何以不說出末一字？」他回答說：「太守若將球還我，就是『廉』字；若不還，便是『貪』了。」太守不禁大笑，自然把球還他了。

另一個與他有關的傳說是，滄州西北有一座水月寺，原建於唐代，清雍正初年重修之後，面貌煥然一新，風景清幽秀麗。一位遊方僧人來此觀覽，在寺內一亭柱上題寫了一句上聯：「水月寺魚游兔走」，即飄然而去。某天，紀曉嵐見到此聯，略爲思索，下聯即脫口而出：「山海關虎躍龍飛」。周圍的遊人紛紛聚攏過來，品評這副新對上的下聯，山中有虎，海中有龍，山、海、虎、龍遙相呼應，不僅對仗工整，無懈可擊，而且氣勢非凡，意境深遠，比之上聯更勝一籌，大家無不交口稱讚。紀曉嵐的名字也因此譽甲一方。

天資加上後天的學習是紀曉嵐成爲「一代通儒」的重要因素。他從小深受父親影響，除了家人嚴格督促，他自己也勤奮好學，博覽群書，以他的聰穎稟賦，學問自然是與日俱增。紀曉嵐四歲開始讀書，十二歲隨父入京，受業於著名畫家董邦達門下。董邦達是清代皇家畫院中的一代宗匠，名師自然出高徒，乾隆五年，紀曉嵐返鄉應童子試。乾隆十二年應鄉試，文章詞采富麗，才氣飛揚，引人入勝，鄉試的主考官就是當時大名鼎鼎的阿克敦和劉統勳，他們十分欣賞紀曉嵐的文采，於是拔擢他為鄉試第一。紀曉嵐二十四歲應順天府鄉試，成為解元。後來因服母喪，閉門在家，專攻考據之學，頗有造詣。三十一歲中進士，會試列第二十二名，殿試中名列二甲第四名。同年進入翰林院為庶吉士，繼授編修，開始了他的官宦生涯。此後他先後擔任山西、順天鄉試的主考官，並曾視學福建。紀曉嵐在奔忙於學官和侍奉皇帝期間，每每君臣、同僚之間多有酬唱應答、妙語佳對，不僅贏得廣泛讚譽，而且也頗受乾隆皇帝的嘉獎。

乾隆三十三年，紀曉嵐原本受封貴州都勻知府，但皇帝認為紀曉嵐學問優越，到外省做官不能盡其所長，於是將他留在身邊；四月，提陞他為侍學士。同年六月，因姻親做官掏空庫銀要被抄家，紀曉嵐祕密通風報信，事情被揭發後，他被發配到新疆佐助軍務。三年後召還，授職編修，侍讀學士等職，並受命爲《四庫全書》總纂官。他花費十三年的時間才完成《四庫全書》的編纂工作。在此期間，紀曉嵐由侍讀學士升任內閣學士，一度授兵部尙書。《四庫全書》告竣當年，陞遷爲禮部尙書。六十歲後，曾五次掌都察院，三任禮部尙書。嘉慶八年，紀曉嵐八十大壽，皇帝派員祝賀，並給予厚贈，旋即上任協辦大學士，加上太子少保的頭銜，又兼理國子監事，官居一品。

紀曉嵐一生做得最多的兩件事，一是編書史，二是當考官。編書史，除總纂《四庫全書》外，還先後當過武英殿和三通館的纂修官等；當考官，兩次任鄉試考官，六次爲文武會試考官，他的門生衆多，也爲國家選拔過不少人才。紀曉嵐死後，歸葬故里，朝廷派員臨穴致祭，嘉慶皇帝御賜碑文，極盡人臣之榮哀。

以居所之名，行文於世

《閱微草堂筆記》是紀曉嵐十年心血的結晶，也是他晚年心靈世界的反映，此書從某一個側面顯現出清代中期紛繁複雜的時代文化風貌。全書近四十萬字，含故事一千二百餘則，自乾隆五十四年至嘉慶三年間陸續寫成，是繼《聊齋誌異》之後所出現，具有重要影響的文言小說集。《閱微草堂筆記》與《聊齋》相比，前者有較深的思想內涵以及反封建禮教的內容，暴露出許多紀曉嵐的眞實想法，內容豐富，知識性強，語言質樸淡雅，風格亦莊亦諧。書中不但對於當時民間疾苦寄予很深的同情，還記載了大量社會基層、邊疆士卒和少數民族的故事，讚揚他們的勤勞質樸和膽識。雖然當中有不少篇幅涉及鬼怪，但其目的在於勸人向善。

閱微草堂是紀曉嵐的寓所堂號，現址在北京宣武區珠市口西大街二四一號。根據史書記載，此宅原爲清威信公、大將軍岳鐘琪的舊宅，後爲紀曉嵐官邸，《閱微草堂筆記》就是在此地完成的。現宅的前院有一株籐蘿，後院有一株海棠，傳說是紀曉嵐當年親手種植的。因紀曉嵐在歷史上的地位和學術上的影響，使得他的故居也特別受到大衆的關注。西元一九五八年此地改爲晉陽飯莊，二〇〇一年六月，大陸部分專家學者聯名提議，將晉陽飯莊從紀曉嵐故居中遷出，全力恢復閱微草堂的舊貌，這項提議得到相關部門的積極回應，並斥資百萬進行修繕，使其故居盡可能恢復舊貌；而原先的晉陽飯莊則遷移到閱微草堂的旁邊。

成就的巔峰——編纂《四庫全書》

在中國學術史裡，清朝中期是一個不同凡響的時代，其中《四庫全書》的纂修，更是學術文化領域的一大貢獻。《四庫全書》是中國歷史上最大的一部叢書，囊括了清朝乾隆以前中國歷史上的主要文史百科典籍，共收書三千五百零三種，七萬九千三百三十七卷，三萬六千三百零四冊，近兩百三十萬頁，約八億字。整套書分為經、史、子、集四部，四十四類，為了美觀與識別方便，採用分色裝潢，經部綠色，史部紅色，子部月白色或淺藍色，集部灰黑色，四部的顏色依春夏秋冬四季而定。《四庫全書總目》因為是全書綱領，採用代表中央的黃色。

清乾隆三十八年（西元一七七三年）二月，清廷設立四庫全書館，由乾隆皇的第六個兒子永瑢負責，任命皇室郡主于敏中爲總裁，主管館事、大學士以及六部尚書，侍郎爲副總裁，總裁之下又設總纂官，總攬編纂事宜，而總閱官和總校官總管各書的審定工作。總纂官下設纂修官，分管具體書籍的編纂、審定，以及輯佚、編寫提要、查勘違礙書籍等。此外，還設有督催官，分管督促編書、抄書工作。參與編撰並正式列名的文人學者有三千六百多人，且多爲乾隆時期的第一流學者，抄寫人員則高達三千八百人之多。然而沒有一個博古通今、衆望所歸的大學者總攬全局，將難成大業。因此，四庫館開設之始，大學士劉統勳就大力舉薦紀曉嵐擔此重任。紀曉嵐擔任總纂官，總攬纂修全局事宜，於繁簡不一、條理紛繁之中，提舉大綱，斟酌綜核，是《四庫全書》纂修工程中出力最巨者。

《四庫全書》收錄了當時在全國各地徵收的流通圖書、清內廷收藏的圖書，以及《永樂大典》中輯選出來的珍本善本。其中包括了《論語》、《春秋》、《史記》、《資治通鑑》、《孫子兵法》、《本草綱目》等經典書目，還有日本、朝鮮、越南、印度以及來華歐洲傳教士的一些著作。據統計，光是徵收得來的圖書就達一萬三千五百零一種。這些書篩選後按「著錄書」及「存目書」分別收入，其中「存目書」不收錄全書，只摘錄部分內容，而「著錄書」則是經過整理、校勘、考證後，按特定格式重新抄寫存入，謄寫完成後，還要與原本反覆校勘。最後收錄的圖書有三千四百六十一種。

乾隆四十九年（西元一七八四年）四套書陸續完成，全書共抄七部，其中文淵閣本最早完成，校勘更精、字體也更工整。乾隆五十二年（西元一七八七年），乾隆皇帝抽查時發現部分書有詆毀清朝廷的字句，因此下令重檢《四庫全書》，最後刪除《諸史同異錄》等十一部。這十一部書雖然從《四庫全書》中刪除，但是依然存在宮中，沒有銷毀，其中有九部還流傳到今天。

嘉慶八年（西元一八〇三年）由紀曉嵐主持進行了《四庫全書》最後一部分官修書籍的補遺工作，進一步完善《四庫全書》。紀曉嵐在四庫館修書十年，「自始至終，無一息之間」，其中的辛勞不言而喻，但這也是他人生收穫最爲豐富的十年。他既爲恰逢「王事適我」的歷史機遇而感到欣慰，也爲「期於世事有補」願望的實現而相當自豪，從他在《自題校勘四庫書硯》詩中說道：「檢校牙籤十餘萬，濡毫滴渴玉蟾蜍。汗青頭白休相笑，曾讀人間未見書。」即可見一斑。

與紀曉嵐連結的人物

◆伴君如伴虎——乾隆

一般人對紀曉嵐的印象，不外乎是聰明機智，文思敏捷，反應極快。雖然深得乾隆皇帝的喜愛，但是伴君如伴虎，皇帝的權威往往是不容許臣子侵犯的，有時不免有冒犯天威的時候，這時紀曉嵐往往能憑藉著天生的機智敏捷化險爲夷。

乾隆皇雖然賞識紀曉嵐的文學急智，但是對他的評價卻是如宮廷戲子一般，認爲他是「無用的腐儒」，所以他的官職升得很慢，並未獲得政治上的重用，一直到死前才成爲「協辦大學士」。

關於紀曉嵐詼諧應對乾隆皇的傳說很多，大多是沒有考證卻很有趣的故事，後人也不難從這些故事中見識到紀曉嵐的急智反應。像是紀曉嵐做官之後隨侍在皇帝身邊，有一次，乾隆皇翻閱《論語》一書，見到「色難」一詞，不自覺感嘆：「此二字頗不易屬對。」沒想到紀曉嵐在一旁連頭也不抬，就應聲回答：「容易。」乾隆皇見紀曉嵐不把這當一回事，頗感不快，立即要他應對出下句。只見紀曉嵐不疾不徐地回答：「臣已經對出。」乾隆皇細細回味，驀然領悟出，原來紀曉嵐的「容易」正好是「色難」的絕對。

某次紀曉嵐陪乾隆到杭州，路過一家雜貨店。乾隆指著門前一塊招牌，佯裝不知地問：「這是什麼？」紀曉嵐抬頭一看，那招牌寫的是「黃楊木梳」，他回答說：「這是對聯！」皇帝說：「既是對聯哪有成單之理？」紀曉嵐給皇上解釋道：「杭州乃文物之鄉，街頭巷尾到處暗藏各種巧對，有上句也有下句，全靠細心觀察，心領神會。」他們倆走過幾家店，紀曉嵐指著另一個招牌「白蓮藕粉」說：「這是下聯呢！與『黃楊木梳』剛好配成對！」之後兩人正好走到一家裱畫鋪，乾隆指著這家的招牌

「精裱唐宋元明名人書畫」對紀曉嵐說：「難不成這也算上聯？」紀曉嵐笑著說：「不錯！它的下聯就在剛剛走過的那家藥材店，您瞧，它不是寫著：採辦川廣雲貴道地藥材。」乾隆一聽，哈哈大笑：「果然是巧對！」

還有一次，紀曉嵐伴隨乾隆皇出巡塞外，只見秋菊漫山，燦黃遍野，乾隆皇興致一來，吟出一句：「塞外黃花，似金釘釘地。」周圍大臣聽後，雖然紛紛應對，但都得不到乾隆皇的滿意。特別是連著用到的兩個「釘」字，讀音、語意均有差別，要對上適宜的下聯，確實是不容易。乾隆皇見衆大臣沒辦法對出佳句，因此指名要紀曉嵐出對。紀曉嵐不虧才華超群，立即回答：「京中白塔，如玉鑽鑽天。」此聯一出，大家齊聲叫好，實在是天衣無縫，絕妙好詞啊。

雖然乾隆皇在政治上並沒有重用紀曉嵐，但是卻在典籍的編纂上，善用了紀曉嵐的才華。清朝極爲重要的學術書籍《四庫全書》，就是由紀曉嵐總纂而成，這個工作相當於現在出版社的總編，即負責全書的編輯與審查。人生中趣事滿載的紀曉嵐，也有一則關於編輯《四庫全書》的小故事。

傳說紀曉嵐是個怕熱的人，在某個又悶又熱的日子，紀曉嵐與眾編輯正在書院趕編《四庫全書》，因爲天氣實在太熱了，紀曉嵐於是乾脆脫光衣服工作，不料，這日乾隆皇突然心血來潮前往探視。在皇上面前裸露身體在帝制時期乃失儀之罪，按律當斬，但事出突然，紀曉嵐來不及穿衣，只好往桌下躲去。其實乾隆皇老遠便看到了紀曉嵐，爲了作弄他，便故意地一屁股往紀曉嵐的座位坐了下去。紀曉嵐在桌下久久未聽到聲音，於是探頭出來小聲問道：「老頭子走了沒？」乾隆皇好不容易抓到紀曉嵐的把柄，雖然心裡挺樂的，但表面上還是板著臉說：「紀曉嵐，你爲何叫朕老頭子，你倒說說看，有理的話就放你一條生路，無理的話就斬首示衆吧！」只見紀曉嵐不慌不忙地答到：「老乃長壽之義；天下萬物之首領曰頭；子乃對聖賢之尊稱，如孔丘、孟軻皆稱子；因此，三者合起來便稱老頭子。」乾隆帝一聽，連連稱善，衆人也無不折服。自此而後，「老頭子」之稱便不脛而走，逐漸傳開，而紀曉嵐幽默詼諧的性格，也爲人們所津津樂道。

紀曉嵐適生逢乾隆盛世，經乾隆皇看中其學識才華，得以參與乾隆年間最大規模的文化工程《四庫全書》和《四庫全書總目》的編纂，直接把紀曉嵐推向了學術發展和人生價值的顛峰。雖然史書上也有對他不好的記載，比如說他是圓滑的政客，在朝沒有主持公正的勇氣等等，卻無損於紀曉嵐在學術與文化方面的貢獻。

◆傳說中的死對頭——和珅

傳說與紀曉嵐互不對盤的乾隆皇寵臣和珅，也是一位極具傳奇色彩的人物。

和珅爲滿州正紅旗人，三歲喪母，十歲喪父，家境困苦，靠著借貸讀書，卻能發憤苦讀，勤勉刻苦。他相貌俊秀，聰明能幹，善於察顏觀色，見機行事，因此仕途平步青雲。乾隆皇帝之所以對他破格提拔與特別恩寵，在鄉坊間流傳著一個說法：話說當乾隆還是寶親王之時，有次跟宮中的馬佳妃戲耍，馬佳氏失手打傷其額頭，造成一個小傷口，於是雍正皇帝賜死了馬佳氏。乾隆感到十分遺憾，便在馬佳氏脖子上點了個紅點，希望來世得以彌補。二十四年後，乾隆在巡視太學的時候，看見學生中有個人長得唇紅齒白，十分清秀，但是身上的衣服十分寒酸。乾隆心裡起了憐憫之心，便注目看去，只覺得這人十分眼熟，再趨前仔細一看，那人脖子上竟有個紅點，這才憶起此人長得神似當年被先皇賜死的馬佳妃。那位學生便是和珅，當時又正好是二十四歲。從此，和珅便得到乾隆皇無比的寵信。

和珅侍君二十五載，成爲乾隆晚年片刻不可分離的人物，深受乾隆的信賴與恩寵。和珅爲官之初，原本也是以清官自居，但久居官場後漸漸變得貪得無厭，因此才能在二十多年裡積累起鉅額的財富。此外，他也在利益的驅使下，於朝廷內外暗地糾結了大批黨羽和親信。因此，和珅獲罪時，嘉慶皇帝總共責他二十條罪狀，合計他貪污非法所得高達白銀九億兩，無怪乎史上有「和珅跌倒，嘉慶吃飽」之喻。嘉慶四年，正月十八日黃昏，即乾隆逝世半個月後，和珅在獄中懸樑自盡。

傳聞紀曉嵐曾經題字諷刺和珅。乾隆皇晚年，寵信大貪官和珅，一時之間，和珅位高權重，幾乎一手遮天。而朝廷內外大小官吏，也大多趨炎附勢，逢迎奉承，奔走門下，但紀曉嵐卻始終保持其清廉正直的品格，堅決不與其同流合污。當時紀曉嵐被推爲一代文宗，人們都以能得其墨寶爲榮。和珅也附庸風雅，請他爲自己新建的宅第題寫匾額。紀曉嵐很痛快地提筆寫了兩個大字：「竹苞」，並說是取《詩經》「竹苞松茂」之意，以賀其豪宅落成，同時祝其家族興旺。和珅大喜過望，精心裝裱，並把它掛在亭台樓閣最顯眼之處，凡有客來訪，都不免炫耀一番，以示清高。直至乾隆皇某日大駕光臨和府，看到「竹苞」二字，開始頗爲不解，繼而忍俊不禁，這才揭開其中的奧祕：所謂「竹苞」者，「個個草包也」。和珅因此對紀曉嵐恨之入骨，總想找機會把他好好整治一番，卻因紀曉嵐也是乾隆皇重用的大臣，終究無可奈何。

紀曉嵐是一個圓滑練達、閱歷廣博、性情詼諧的官員，也是一位身處官場卻又渴望清靜的文人；至於和珅，則是當時著名的美男子，通曉滿、漢、藏、維吾爾四種語言，詩作也頗具水準。在正史的記載中，紀曉嵐與和珅確實在修纂《四庫全書》的過程中打過交道，因爲和珅是《四庫全書》的「正總裁」，他管理「總纂官」紀曉嵐。兩人雖在修書過程中有過矛盾相對，紀曉嵐也因此受到降級賠款的處罰，然而實際上，兩人的官位相差太遠，紀曉嵐於情於理都不致與和珅發生直接正面的大衝突。所以關於他們兩人之間種種爭鋒相對的傳聞軼事，也只能當作茶餘飯後的消遣聊聊罷了。

◆重疊的身影——劉羅鍋

劉墉，生於康熙五十九年（西元一七二〇年），卒於嘉慶九年（西元一八〇四年），字崇如，號石庵，山東諸城人，人稱「劉羅鍋」。

劉墉爲人深沉老練，他擅長刑獄，即現在所謂的司法專家；此外，他在繪畫方面也頗負盛名。但是他跟紀曉嵐一樣，在乾隆與和珅活著的時候，從沒做過大學士，直到八十多歲時才由嘉慶皇帝任命。

在歷史記載中，劉墉的成績遠遠低於其父劉統勳。劉統勳是清朝歷史上唯一一位漢人「眞宰相」（自雍正皇帝設立軍機處後，同時出任上書房大臣和首輔軍機大臣的人常被稱爲「眞宰相」），是乾隆中前期的重要大臣。民間很多關於劉墉的傳說，很可能與他有關。

民間傳說中，紀曉嵐的形象相當貼近於明代的唐伯虎，屬於那種文采翩翩，「凡走過必留下痕跡」的才子型人物，所以，我們往往可以在各個不同版本的故事中，去發掘紀曉嵐的身影。舉例而言，前面所提過的「老頭子」故事，便分別有紀曉嵐版和劉羅鍋版這兩個不同的版本傳世。此外，「煙鎖池塘柳，炮鎮海城樓」此一經典對句也出現了同樣的情形。從這些小地方可以看出，紀曉嵐和劉墉兩人在民間的形象上其實是相差不多的，除了在民間的觀點裡，兩人都擁有豐富的文采之外，在通俗小說《乾隆下江南》中，兩人也都有著為民除害、伸張正義的形象。

大致上來說，由於劉墉與紀曉嵐兩人在朝為官的時間點相差不大，又同樣都是科甲進士出身，雖然紀曉嵐不像劉墉一樣多半擔任行政性的工作，而大都是受命從事較無政治意涵的文藝工作，例如擔任禮部尚書、編纂《四庫全書》等。但是對於民間來說，這點細微的差異並不影響這兩人形象的類比，因此才會出現將兩人相提並論的民間傳奇。

實際上，乾隆當政六十年，正處於清朝由盛轉衰之際。從清朝立國開始，經過上百年的培養，乾隆年間名臣薈萃，從乾隆中前期的張廷玉、傅恆，到中晚期的王傑、阿桂、董浩等人，都是當時的傑出人物，甚至在很多方面要更勝和珅、紀曉嵐、劉墉三人一籌。換個角度來說，也許正是因爲紀、劉二人形象接近，才能同時都以這種饒富趣味的樣貌成爲民間故事中的主角，不然的話，對一般人來說，他們可能也只是史官筆下的兩個名字，而被人迅速地淡忘吧！

紀曉嵐的急智對答輯錄

紀曉嵐天生才華洋溢、文思敏捷，加上勤奮好學，因此能博古通今，就讓我們用以下幾則經典的小故事來一窺紀曉嵐著名的幽默風采。

◆紀曉嵐茶謎救親家

乾隆年間輯修《四庫全書》，他任總纂官，這項工作使他經常要與乾隆皇帝論談，他機敏善辯的特質，在清一代學者中，很少有人能與他比擬。他以一個「茶謎」作暗示，救了親家盧見曾的故事，便是他機智敏捷的一個典型例子。

盧見曾和紀曉嵐是兩親家，紀曉嵐在京做官，他則放外任職。個性愛才好客，喜聚四方名士，後來任兩淮轉運使時，更是廣交名流豪傑，家中經常是賓客盈門、座無虛席，行事鋪張揮霍，後來漸漸財力不濟，以致掏空鹽稅。

朝廷得悉這件事後，決定抄家處罰，沒收他全部的資產。紀曉嵐知道後，急忙派遣心腹漏夜趕往盧府送信。盧見曾收信拆開一看，只見信封內裝著少許茶葉和鹽，除此之外別無他物。盧見曾略作沉思，便悟親家所示，急忙發動全家人將家財轉移寄放他處。不出數日，朝廷派來抄家的人趕到時，盧府之中的資產錢財已寥寥無幾。

原來，紀曉嵐這一「茶謎」的謎底是：以茶指「查」，意謂「茶（查）鹽（鹽帳）空（掏空）」。盧見曾知道自己所爲已東窗事發，便趕忙轉移財產，終於未遭傾家蕩產。但是此事經劉統勳等人的嚴密偵緝，紀曉嵐還是被查了出來，同年十月，被遣戍新疆贖罪。

◆紀曉嵐妙對欣賞

紀曉嵐中取進士那年，見京城當鋪林立，隨口吟出一句上聯：「東當鋪，西當鋪，東西當鋪當東西」，但卻苦思不得下聯。後來他執令赴通州當主考官，見通州有南北之分，苦思數月的下聯便有了靈感：「南通州，北通州，南北通州通南北」。

紀曉嵐曾有一位脾氣不好的醫生朋友。某日紀曉嵐因小病前去求診，醫生朋友對他說：「我出個上聯，你若能對出下聯，診費、藥費全免。」紀曉嵐心想對聯之事能難倒我嗎？便點頭應允。上聯爲：「膏可吃，藥可吃，膏藥不可吃。」紀曉嵐便藉由朋友的壞脾氣發揮，續了下聯：「脾好醫，氣好醫，脾氣不好醫。」既點出其缺點，又促其改正，一語雙關！

富甲一方卻六根不淨的禪心大師，請紀曉嵐為他在正殿的自畫像旁題詩句，紀曉嵐提了兩副：

精神炯炯，老貌堂堂；烏中白鬚，龜鶴呈祥。（以斗方格式呈現）

鳳遊禾蔭鳥飛去；馬走蘆邊草不生。（以對聯格式呈現）

聰明人仔細推敲，前文四句以開頭呈現，即為「精老烏龜」。對聯的拆字解釋則為「禿驢」。

紀曉嵐參與翰林王某之太夫人八十大壽盛會，曾題詩七言絕句一首：

八十老娘不是人，九天玄女下凡塵。
生個兒子去做賊，偷得蟠桃獻母親。

南嶽山一方丈圓寂，寺裡攜輓軸，紀曉嵐不加思索，即刻寫上：

南嶽山死個和尚，西竺國添位如來。

◆經典笑話叢集

尚書是狗，御史吃屎

話說紀曉嵐當禮部侍郎時，有一天尚書和御史連袂來訪。在他們聊天時，突然從外頭跑來一隻狗。尚書心中突生一計要取笑紀曉嵐，便指著狗說：「咦，你們瞧那是狼是狗？」（侍郎是狗）

紀曉嵐知道尚書在捉弄他，面不改色地回說：「要分辨狗或狼有兩種方法。一種是看牠的尾巴，尾巴下垂的是狼，上豎是狗。」（尚書是狗）

一旁的御史大笑：「哈哈，我還不知道那是狼是狗呢，原來上豎是狗，哈哈哈。」（尚書是狗）

此時紀曉嵐不慌不忙的接著說：「另一種分辨的方法就是看牠吃什麼。狼是非肉不食，狗則遇肉吃肉，遇屎吃屎。」（御史吃屎）

這下子連御史也噤聲無言了。

那個東西還在嗎？

話說紀曉嵐考上狀元時年紀還很輕，有個太監想戲弄他，出了個上聯要他對：

「小翰林　穿冬服　持夏扇　一部春秋曾讀否？」

紀曉嵐不甘示弱地回道：

「老總管　生南方　長北地　那個東西還在嗎？」

下面沒有了

一天紀曉嵐要進宮面聖，被一位太監攔住，那太監知道紀曉嵐饒富機智奇才，便央求他說個故事，否則不讓他過去。紀曉嵐沒辦法只好說道：「從前有一個太監」，說到這裡頓一下卻不說了。

太監等了半晌忍不住問道：「下面呢？」

這時紀曉嵐笑了笑說：「下面沒有了。」

太監紅了臉，只好趕緊讓紀曉嵐過去。

雙錘擂鼓

有位自命不凡的青年文人拿著自己的大作去請紀曉嵐批閱。紀曉嵐提筆在篇後批著：「此文有雙錘擂鼓之聲。」那位青年作家洋洋得意，逢人便炫耀這句批語。

有人詢問紀曉嵐：「爲何要將一篇不通的文章加上這麼好的評語呢？」

他大笑道：「你們根本不懂得這評語的意思，一個錘擊鼓，所發出的聲音是：通！通！通！通！雙錘擊鼓時，鼓聲是：不通！不通！不通！」

取名的藝術

一天一位紀曉嵐的門生初次拜見紀曉嵐。紀曉嵐問這門生的姓名，門生答：「林鳳梧」。紀曉嵐好奇地問他爲何父母取這名字？門生回說：「因爲我出生的時候，家母夢見一隻鳳凰棲於梧桐樹上，所以取名鳳梧。」紀曉嵐聽了大笑不止，門生手足無措不知該如何應對。

待門生回去後，夫人責怪紀曉嵐無故大笑讓人家下不了台。只見紀曉嵐仍是笑不可抑地解釋道：「我只是想到，如果他母親當時夢到的是一隻雞停在芭蕉樹上……」

拜年

某年初一，紀曉嵐朝拜了皇帝之後，回到家中，遇上一班趨炎附勢之徒擠在門口，要爲「老師」拜年。紀曉嵐不勝其擾，但又不得不勉強應酬他們。過了一會兒，紀曉嵐突然大笑。學生們以爲是自己做了什麼令老師高興的事，紛紛查問究竟。

紀曉嵐不慌不忙地說：「沒什麼，只是想到一個貼切的對聯罷了。」學生們當然不會放過機會，一定要紀曉嵐說出來。紀曉嵐說：「今早學生頭搶地，昨夜師母腳朝天。」

人鬼齊聚的《閱微草堂筆記》

《閱微草堂筆記》是紀昀所著的五種筆記小說集的總名，它包括《灤陽消夏錄》六卷、《如是我聞》四卷、《槐西雜志》四卷、《姑妄聽之》四卷、《灤陽續錄》六卷，由紀昀門人盛時彥合編印行。此書是清代文言小說的代表作之一，與蒲松齡的《聊齋誌異》並稱，風行一時。

《閱微草堂筆記》是紀昀晚年的作品。那時他已是個閱歷豐富，學問有成，賓朋衆多的人，於是「追錄見聞，憶及即書」（《灤陽消夏錄》序），加以「友朋聚集，多以異聞相告」（《槐西雜志》序），對此紀昀也予以記錄。而講故事給他聽的人，包括各方面的人士，其中有親友、同僚、下屬、門生、故舊，有官差、僕役、遣犯以至三教九流的人物。由於故事的來源是多方面的，內容顯得豐富多彩，精粗雜陳，既有上層社會的故老遺聞，官場百態，人情翻覆，典章考證，也有下層百姓的曲巷瑣談，奇事異聞，醫卜星相，神鬼狐魅。這些或雅或俗、亦正亦奇的故事，從不同角度和面向反映了當時的社會生活，揭示其中的種種矛盾，也顯現出各個階級及其人物的善行與惡跡。

過去，人們常常把《閱微草堂筆記》與《聊齋誌異》相提並論。一九四九年以後，對《聊齋誌異》的研究有了巨大的進展，成就顯著，這部偉大作品的地位是不容置疑的。但相比之下，對《閱微草堂筆記》的研究卻顯得十分薄弱和不足。由於未曾深入研究，對其評價就顯得偏頗。比如說把紀昀視作「乾嘉時期統治階級在文化界的代表人物」，貶抑《閱微草堂筆記》是部宣傳傳統倫理道德、因果報應，並起著維護傳統秩序、麻醉人民作用的作品。平心而論，《閱微草堂筆記》的成就當然比不上《聊齋誌異》，《誌異》所擁有的寄託作者孤憤，飽含民主思想，勇於向傳統禮教挑戰，以及藝術上的奇情幻彩、曲折細膩等優點，是《閱微草堂筆記》所不可及的。但是，《筆記》也有它自己的可貴特點。它繼承了六朝志怪小說的傳統並加以發展創新，有自己明顯且獨特的藝術風格。而且，它揭開了那看似華麗盛世帷幕的一角，使人們看到了社會膿瘡和蛀洞。

那麼，《閱微草堂筆記》究竟反映了些什麼呢？

清代官場是極爲污濁、黑暗的。官員們貪污舞弊、魚肉百姓是十分平常的事，而官員間的互相傾軋排擠，也無時不在產生和進行。紀昀對這種現象是深惡痛絕的，在《閱微草堂筆記》中屢屢加以揭露和抨擊。如《鬼隱》採用寓言的形式，敘述明末一位官員因厭惡宦海風波，死後向陰司提出請求，來生不到陽間做官了。陰司按他來生應享的官級，改任他爲陰曹的官吏。殊不料陰間的官場，其險惡和污濁與陽世完全無異。這官員失望之極，只好辭去陰曹的官職，隱居到荒山裡去，以求清靜。他說，這裡雖然蕭索孤寂，但比起陰陽兩界的官場來，倒覺得有如天堂了。作者雖託言這是明末的事，而其用意即是指斥同樣腐敗的清代官場。腐敗已經發展到不分陰陽、令人無所逃於其間的程度，這種感慨是何等的深沉，諷刺是何等的辛辣！

罪惡的官場裡，除了官僚外，還有圍繞在他們四周的幾種人，這就是幕客、書吏、長隨。他們雖然並無品級，甚至地位低下，卻是在官僚政治中發揮出相當作用的人物。這些人憑藉官府的權力，採取舞文弄法、欺騙狡詐的手段，竭盡操縱翻覆之能事。他們對老百姓的敲詐勒索、壓迫陷害，已到了昧盡良心的地步。紀昀對這些事很清楚，在《灤陽消夏錄》卷六中，指斥他們說：「民命所關，無如守令，造福最易，造禍亦深。惟是種種冤愆，多非自作，冥司業鏡，罪有攸歸。其最爲民害者：一曰吏，一曰役，一曰官之親屬，一曰官之僕隸。是四種人，無官之責，有官之權。官或自顧考成，彼則惟知牟利，依草附木，怙勢作成，足使人敲髓灑膏，吞聲泣血。四大洲內，惟此四種惡業最多。」從這個認識出發，他在《四救先生》裡，寫了幕客們處理官場事務的「四救」、「四不救」原則：只要保護主人和自己的利益，而全然不顧事情的是非和老百姓的冤枉。在《交河吏》中，那個書史橫行無忌、枉法害民的行徑，被刻劃得入木三分。而《長隨》中對僕役挾制上官種種慣技的揭露，也使人對官場黑幕有更深刻的了解。紀昀從政日久，父親和衆多的親朋也擔任過地方官員，因而他對官場中許多不爲人知的黑幕和離奇古怪的手段多所聞見，也就能淋漓盡致地刻劃出這些魑魅魍魎的面目。

清代統治者以異族入主中原後，爲了鞏固政權，從精神上侵蝕漢族人民的反抗意識，便極力推崇起程朱理學來。一些理學家也乘此機會出來做官、講學，形成了一種普遍的風氣。至於一些假道學家們，也趨風氣，趕潮流，高談「性理」之學，互相標榜，以此揚名獵官。他們既無學問，也無人品，胸中只有《五經大全》、《性理大全》這類書，即整天侈談「道」與「理」，拿仁義綱常來桎梏人們的精神和行動，所謂「理學」實際上成爲殺人的軟刀子。對於這類「內以自欺，外以欺乎天下」（《王源文集·與李中孚先生書》）的傢伙，紀昀是十分鄙視和痛恨的。《閱微草堂筆記》裡面，鞭撻和諷刺假道學的故事佔了很多。如《某醫》裡的醫生，因爲固執一「理」字而不肯隨事變通，以致平白害死兩條人命。紀昀藉此詰責道：「宋以來，固執一理而不揆事勢之利害者，獨此人哉！」矛頭明顯指向道學家。

在古代社會裡，人口買賣十分盛行。買來的奴僕，只是主人的一件物品，他們沒有人身自由，更沒有人格的尊嚴；主人對待奴僕，則是榮辱生殺，可以任意施爲。紀昀雖然極力維護傳統制度及其倫理道德，但對於虐待、打殺奴僕的行爲很不贊成，這也表現了他思想上難以解決的矛盾。在《侍郎夫人》中，寫了幾個主人的暴行，各有各的殘酷花樣：或是把剛買到的婢女打得半死，使之「知畏」，以後才好使喚；或是房裡懸著兩條鞭子，鞭穗上都沾滿了奴隸的血跡，以示威懾。罪惡的主人最後受到報應而死，這是紀昀認爲合理的解決辦法。但在《復仇》這個故事裡，他卻寫了幾個奴隸不堪迫害，最後採取報仇辦法的故事，還加以評論說：「弱者銜冤茹痛，鬱結莫申」，最後便要起來報仇，這是「勢所必至」，「理之自然」。紀昀從希望冥報來懲罰惡人發展到贊同奴隸起來報仇，這不得不說是他思想上可貴、進步的一面。

在對下層人民的命運寄予同情的同時，紀昀對於富人詭詐無情、唯利是圖的本性是鄙薄和譴責的。《甲乙相仇》寫兩個富人相互陷害，狡詐毒辣，詭計迭出，最終是害人害己。《富人詭計》則寫富人利用金錢強奪別人妻子做老婆的罪惡，故事淋漓盡致地表現富翁如何層層設下陷阱，讓女人的婆家上鉤，又步步抹去自己作惡害人的痕跡，使人無法根究。其靈魂之齷齪可憎，手段之周密狠毒，正是富人本色，令人讀後不禁悚然生畏。

紀昀是位大學者，閱歷廣而見解通達，思想較爲開明。因此，對下層人民的一些行爲，只要是出於事勢所必須，而又不致超越禮法太甚的，他往往持贊同和寬容的態度。在《太湖漁女》這個故事裡，漁女出嫁，在迎親船上躲避風暴，滿船的人徬徨待斃。這時，平日慣於操舟破浪的漁家新娘毅然衝破傳統禮法的束縛，親自駕船戰風搏浪，終得脫險，如期到婿客成親。新娘子的勇敢行爲，在衛道人士眼中，自然是十分越禮違俗的，因爲他們的準則是：寧可葬身波濤之中，也不能有絲毫的越軌。可是，紀昀和他們截然相反，充分讚揚了這種因應事勢作出通變的做法。《俠妓》是個大快人心的動人故事：某富人趁著災荒的機會，囤積穀子不賣，以待好價。正當饑民束手待斃之際，一位妓女挺身而出，要救災救人。她假稱要嫁給那富翁，哄他將穀物立刻出售。待得饑民獲救，她才對富翁說不肯辜負養母之恩，將來有機會再談嫁娶的事吧。因爲無媒無證，富翁也無可奈何。紀昀把這位風塵女子寫得有勇有謀，一身俠氣，而他自己的愛憎就再鮮明不過了。

談狐說鬼，是《閱微草堂筆記》的主要特色，篇章也最多。這類故事裡面，由於紀昀思想的侷限，不免有藉神道設教，宣揚因果輪迴的傳統糟粕。但他的思想也經常表現出一種矛盾現象，即並不十分相信鬼神的存在，他寫鬼神，不過是想藉此維繫世道人心，勸善懲惡。在許多故事裡面，常常透露出他對鬼神存在與否的迷惘，於是，有些故事反倒起了破除迷信的客觀作用。如著名的《曹某不怕鬼》、《辨鬼》、《扮鬼偷盜》等，都是如此。藉鬼情寫人情，以陰間寫人間，是本書談神說鬼最顯著的特色。如《利己心》藉陰間閻王之口譴責陽間官員的無能；《老學究》藉鬼差之口譏諷道學家全無學問；寫孤女的善良正直，是爲了暴露人類的狡詐自私；《圓光術》、《乩詐》、《駁乩詩》等揭露神棍爲賺錢而裝神弄鬼，更在客觀上證明了鬼神的虛妄。顯然，有目的地去寫狐鬼，是紀昀的宗旨，其中精彩可取的篇章，大都寄寓了對現實的批判，具有深刻的含意。

對於當時社會上的一些不良風氣和現象，紀昀也給予抨擊。明代假名士盛行，至清代仍餘風未泯。這種人矯揉造作，高自標榜，欺世盜名，影響社會風氣；《遊士》就是針對這種現象而寫的。清代舉業盛行，讀書人一頭鑽進科舉八股裡面討生活，以圖功名富貴，以致對人情世事懵然不曉。《書癡》寫的是兩個書呆子在戰爭臨近、逃命不暇的時候，還在爲大門上貼的門神到底是哪位古人，和別人爭辯不休，以致錯過逃難的機會，城陷被殺。無情地諷刺了科舉制度毒害下腐儒的迂遠可笑。《雲南一縣令》寫盡了世態炎涼、人情翻覆的種種情態。《京師騙術》則通過全國最大都市的各種行騙詐僞的故事，反映出整個社會的人情風貌。

《閱微草堂筆記》是一部有特色、有成就的筆記小說，但是，它又是部精華與糟粕並存的作品。由於紀昀世界觀的侷限，書中不可避免地暴露出作者思想意識上許多先天的缺陷。如他在一定程度上同情奴隸的遭遇，但當奴僕不盡力效勞主人時，就不免要對他們詆毀咒罵。他心目中的理想秩序是上和下安，大家各盡本分，主人對下要和，而僕人對主人要盡忠盡力，絕不容許造反。這種思想貫穿於全書中。本書所選的故事，雖然都是其中較爲可取的篇章，但終究會雜有一些陳舊落後或不健康的成份在內，這是我們在閱讀時要充分注意，加以辨別的。

清初是文字獄氾濫的時代，當時的人對此莫不談虎色變。因而文人的著迷，都極爲小心謹慎，唯恐稍一疏忽，立刻招致飛來橫禍。但紀昀寫作《閱微草堂筆記》一書，卻敢於採用直接、間接的辦法，暴露社會的陰暗面，指斥道學家的虛僞害人，揭露官場黑暗，抨擊不合理現象。這些都是統治者的忌諱，沒有勇氣和膽量，怎能落筆，哪能成書？所以魯迅評價紀昀說：「他生在乾嘉間法紀最嚴的時代，竟敢藉文章以攻擊社會上不通的禮法，荒謬的習俗，以當時的眼光看去，眞算得很有魄力的一個人。」（《中國小說的歷史變遷》第六講）這個評價是很恰當的。同時也可以說，《閱微草堂筆記》這部書的可貴之處，恰恰也在於這一點上。

在藝術成就上，《閱微草堂筆記》也具有自己的特色，有其獨具的熠熠生光的成就。魯迅評價它說：「惟紀昀本長文筆，多見秘書，又襟懷夷曠，故凡測鬼神之情狀，發人間之幽微，托狐鬼以抒己見者，雋思妙語，時足解頤；間雜考辨，亦有灼見。敘述復雍容淡雅，天趣盎然，故後來無人能奪其席。」（《中國小說史略》第二十二篇）這是中肯的不易之論。按照這個標準，不妨分開論述：

一、風格雍容淡雅，天趣盎然

紀昀寫作本書的藝術追求，是「尙質黜華，追蹤晉宋」，因此文字力求簡淡雋永，不尙浮華繁縟。比如《遊士》一篇，並沒有寫遊士的音容笑貌，只是從側面細寫其室中的陳設和氣氛，娓娓道來，渾然不覺，而遊士之面目、舉止，躍然紙上。對他的評價，也沒有端出什麼大道理或聖賢之言，而只藉兩個道士的一問一答，遊士的嘴臉便栩然如繪。當然，簡淡的文筆，並不妨礙事件的描述，《李生恨事》中同時寫李生、李妻、岳父、盜魁四人，頭緒頗繁，文相錯織，紀昀卻能用簡練之筆，分頭敘述、交錯鋪敘得清清楚楚，足見其敘事之功力。當然，即使在這樣詳細紛繁的敘述中，其文筆仍然是保持簡淡自然的，尤其難能可貴。

二、刻劃人物，遺貌取神

這與上面的特點是一致的。《泥古不化》寫劉羽沖個性偏執，迷信古制、古法，處處依古法行事，結果事事失敗。死後，人們還常常見到他陰魂不息，口中翻來覆去叨念的只有一句話：「古人豈欺我哉！」只用這一句話，便把劉羽沖這位偏執到令人無法相信的人物，概括得更活靈活現了。《書癡》裡並沒有正面寫兩位書呆子的迂腐，只是表現了他倆喋喋不休地引經據典、辯論門神是誰的過程，便把不懂世事的迂儒活畫出來。

三、語言簡樸流暢，富有表現力

比如在《唐打獵》中，寫到老者打虎時，在他人或許會有許多關於其人的風采以及聲勢的描述，但紀昀只用幾十個字的簡潔準確敘述，便把打虎人以及打虎過程全部交待清楚，而獵者的嫻熟技藝、勇敢和鎮定都在其中。不假雕飾而能寫出人物性格、事件發展的文字，是要具備相當功力才能達到的。紀昀的優點、長處正在這裡。

《灤陽消夏錄》卷

老學究

愛堂先生講了這樣一個故事：有位老**學究**走夜路，忽然遇到一位已經去世的朋友。老學究的品性一向剛強正直，對鬼並不畏懼，便問道：「先生要去哪裡？」鬼友答道：「我在陰間當了個小官，現在到南邊村子裡去勾攝一個人的魂魄，正好和你同路。」於是兩人一道往前走去。到了一座破舊房子前，鬼友告訴老學究：「這是位文人住的房子。」學究問道：「你是怎麼知道的？」鬼友答道：「人們白天勞碌奔波，眞情實性都被淹沒了。只有睡著的時候，一點雜念都沒有，靈魂才清朗明淨。這時，他胸中所讀過的書本，每一個字都吐露著光芒，從身上各個孔竅透射而出。這些光芒若隱若現，紛紜交錯，燦爛得像錦繡一樣。那些學問像鄭玄、孔安國，文才像屈原、宋玉、班固、司馬遷那樣的人，身上放出的光芒便直照太空，和星星月亮爭相輝映；次一等的光芒有幾丈高，再次一等的是幾尺高。以下便按等級依次降低，到最低一級

【學究】此特指迂腐淺陋的讀書人。

【熒熒】閃動的樣子。熒，音盈。

【墨卷】科舉考試中，鄉試、會試考中者的試卷，被書商刻印發賣，供以後準備應考的人作為範本，這種書叫墨卷。

【經文】明清科舉考試的八股文，題目都出自四書五經，於是有人將這些經書

的也有**熒熒**如一盞燈火那樣的光芒，照映於門窗之上。這些光芒，世上人是看不見的，只有鬼神才能見到。如今這房子上的光芒有七八尺高，因而知道是文人住的房子。」學究問道：「我讀了一輩子書，睡著時放出的光芒會有多高？」鬼友想說又不敢說地遲疑了好一陣，才說道：「昨天我經過你的書塾，你正好在午睡。我看見你胸中有高頭講章一部，**墨卷**五六百篇，**經文**七八十篇，**策略**三四十篇，每個字都化作黑煙，籠罩在房子上。你的學生們誦讀的聲音，像淹沒在濃雲密霧之中。實在沒有見到光芒，不敢亂說。」學究聽了，憤怒地斥責鬼友，鬼友哈哈大笑地走了。

【內容評論】

明清科舉考的是八股文章，熱心於中進士、做官的人，便只知死捧著高頭講章和墨卷之類，日夜揣摩模仿，把天下大事、百姓苦樂以及有用的學問都置之腦後。這位塾師也深受八股之害，雖說讀書一生，胸中卻盡是些烏煙瘴氣的東西，別無他物。這

中可能被作為出題的內容，分別寫成一篇篇文章，供學生熟背和抄襲，這些文章叫經文。

【**策略**】科舉考試還要考策問，是就經書、歷史、政治等方面提出問題，由考生逐一對答。有人便預先擬作了一些答問文章，供別人熟背或抄襲，這些文章便叫策略。

個故事通過老學究其人辛辣地諷刺了古代科舉制度。至於鬼神自然是沒有的，不過是作者藉此用作諷刺手段罷了。

無賴呂四

滄州城南上河邊，有個無賴叫呂四。他兇惡橫暴，什麼事都做得出來，人們怕他像怕虎狼一樣。一天黃昏，呂四和幾個惡少年在村外乘涼，忽然聽見隱隱有雷聲，風雨將要來了。遠遠看見有個少婦，避入河岸邊的古廟裡去了。呂四對那些惡少年說：「我們可以去姦淫她。」當時已是晚上，陰雲昏黑，呂四衝進去掩著婦人的嘴，其餘的人一同脫去她的衣服強姦。不久，閃電光射入窗內，呂四見那人的狀貌好像自己的妻子，急忙放開手一問，果然不錯。呂四大怒，想提著妻子丟入河裡。妻子大聲哭喊著：「你想姦淫別人，才弄得別人姦淫了我，天理清清楚楚，你還想殺我嗎？」呂四無話可說，急忙尋找她的衣褲，但已被風吹入河流了。呂四徬徨想不出辦法，於是背起裸體的妻子回家。這時雲散月明，滿村的人喧譁取笑，爭著前詢問情況。呂四無話可答，竟自己去投河了。

原來他妻子回娘家探望，原先約定一個月才回來。不料娘家遭到火災，沒有房子住了，於是她只好提前回家。呂四不知道，因而造成這次災難。後來她妻子夢見呂四來說：「我罪孽深重，應當永遠墮入地獄，只因我生前對母親還能盡孝道，陰司官員查檢冊籍時定我應轉世爲蛇，現在我去投胎了。你的後夫不久會來，你好好侍奉新公婆吧。陰間的法律規定，不孝的罪最重，你可不要使自己將來陷入陰司的**湯鑊**裡呀！」

到了呂四妻子再嫁的日子，屋角有條赤練蛇低著頭往下看，神情好像有點戀戀不捨。他妻子回想起前時的夢，正要抬頭問牠，這時聽見門外傳來打鼓奏樂的聲音，蛇在屋上蹦跳了幾下，迅速地爬走了。

【內容評論】

呂四兇狠專橫，到了無所忌憚的地步，雖得逞於一時，最終是自己害了自己。不過作者把這個結局歸結爲因果報應，具有神道設教的用意。

【湯鑊】古代酷刑，把人投入滾水中煮死。湯是滾水，鑊是大鍋。鑊，音獲。

【驛丞】驛是古時供傳遞政府文書的人或來往官員暫住、換馬的處所，設丞以管理。驛丞是個小官。

【閘官】管水閘的官。

利己心

北村人鄭蘇仙，一天夢見到了地府，見閻羅王正在審查記錄犯人的罪狀。有鄰村一位老婦來到殿前，閻羅王見了，頓時面露恭敬之色，拱手致意，賜給她一杯茶，並命令陰官從速送她去投生個好地方。鄭蘇仙偷偷問陰官道：「她不過是個農家老婦，有什麼功德？」陰官說：「這個老婦一生都沒有利己損人的心。而這利己之心，雖然賢德的士大夫也是難免的。但是，利己的人必定損害他人，於是種種奸詐行爲，便由這裡產生；種種冤仇罪過，便從這裡製造出來。甚至落得遺臭萬年，流毒四海，也都是這個念頭造成的禍害。這個人雖是村婦，但能自己克制其私心，讀書講學的儒者，和她相比也應該慚愧。閻羅王對她禮遇，這有什麼奇怪呢？」鄭某素來悟性很好，聽了這些話就驚醒了。

鄭蘇仙又說：這老婦未到之前，曾有一位官員，穿著官服昂然而入。他自稱做官清廉，所到之處都只飲一杯水，現在可以無愧於鬼神。閻羅王笑道：「設立官職是爲了治理人民，即使低至**驛丞**、**閘官**這等小官，都有興利除弊的事要辦。如果說凡是不要錢的便是好官，那麼，擺個木偶放大堂，它連水都不飲，豈不更勝於你嗎？」官員又辯解道：「我雖沒有功勞，但也沒有罪過。」閻王說：「你一生處處只求保全自己，某件某件案子，你爲避嫌疑而不敢說話，這不是對不起人民嗎？某件某件事情，你怕煩難而不願興辦，這不是對不起國家嗎？三年一次考覈政績的制度是怎麼回事？沒有政績就是有罪過了。」官員顯出十分恭敬而不安的樣子，鋒芒頓時削減。閻王慢慢回頭看著他笑道：「我不過是怪你盛氣凌人罷了。平心而論，你總還算是三四等的好官，來世還會有官做的。」說完，催促陰官將他送往**轉輪王**那裡。

從這兩件事看來，可知人心雖然隱蔽不明，但鬼神卻都能看得見，即便賢德的人有一點私心，也不能免於受責備。「**相爾在室**」這句話，的確是有道理的的！

【**轉輪王**】俗傳地獄有十殿閻羅，第十殿為轉輪王，主管鬼魂轉生陽世的事情。

【**相爾在室**】《詩經・大雅・抑》有「相爾在室，尚不愧於屋漏」句，意思是反省一下你自己（的行為），應該無愧於屋裡的鬼神。

【內容評論】

這是一篇諷刺寓言。作者通過陰司審訊鬼魂的問答，諷刺了自命清高的士大夫和道貌岸然的道學家，指出他們也不免會有利己之心，反不及區區農婦之可敬。接著再進一層，指出當官的就算不懷利己之心，所到之處僅飲人家一杯水，也還不算盡職。只有做到爲人民與利除弊，解救疾苦，才是好官，否則便連木偶也不如了。歷代平庸昏聵的官吏滿天下，作者的諷刺是有感而發的。

曹某不怕鬼

司農曹竹虛講了這樣一個故事：他的同族哥哥從**歙縣**前往揚州，途中經過友人家。當時正值盛夏，友人請他到書房裡坐，這房間頗高敞涼爽。入夜，曹某打算就睡在這裡，友人說：「這裡有鬼怪，夜裡是不能住人的。」但曹某硬是要住在那裡。

到半夜的時候，有樣薄得像**夾紙**的東西從門縫裡緩慢地鑽進來，入屋後，逐漸展開成爲人形，卻是個女人。這時曹某一點都不懼怕。那女人忽然披散頭髮，吐出舌頭，變作吊死鬼的模樣。曹某見了笑道：「頭髮仍然是頭髮，不過稍微亂了些；舌頭仍然是舌頭，不過稍微長了些罷了。這有什麼可怕的！」女鬼突然將自己的腦袋摘下來放在桌子上。曹某又笑道：「有腦袋我尚且不怕，何況沒有腦袋呢！」鬼的伎倆用盡，霎時便消失了。後來，曹某歸途中又住在這屋子裡，半夜時，門縫裡又有東西在蠕動。那東西剛剛把腦袋伸進屋內，就吐口水罵道：「又是這使人掃興的傢伙嗎？」

【司農】掌管錢糧的官。清代的户部尚書也別稱司農。
【歙縣】今安徽歙縣。歙，音涉。
【夾紙】夾帶用的紙，極薄。舊時考生應試，私帶預先抄好的文字資料或書籍入考場，叫做夾帶。

【嵇康】三國時魏國文學家，曾官居中散大夫，世稱嵇中散。他不怕鬼的故事，分別見於《藝文類聚》卷四四和《太平廣記》卷三一七中。

竟沒進入屋內。

這個故事和嵇康的事很相似。比如老虎不吃醉了的人，是因爲醉人不知道害怕。一般來說，凡是害怕便會心亂，心一亂便會精神渙散，精神渙散了，鬼神便能乘虛而入。如果不畏懼，便能心定，心定則精神能保持完整，精神完整便令邪惡之氣不能侵入。所以記載**嵇康**這件事的書，說是嵇康「神志清定，鬼只得慚愧地走了」。

【內容評論】

這是一個風趣的不怕鬼故事。人鬼對峙，互不相讓，這時人若能無所畏懼，則鬼的伎倆自窮，只得無可奈何地溜走。其實世間許多事情，亦復如此。這個故事給我們的教益，相信正是在這一點上。

菜人

景城村偏西的地方，有幾座荒涼的墳墓，快要被風雨侵蝕平了。我幼年時路過那裡，老僕人施祥指著它說：「這是周某的子孫，周某就是那個由於做了善事，使後代延續了三世的人。」

前朝**崇禎**末年，河南、山東發生大旱和蝗災，草根樹皮都被饑民吃光了，於是便拿人來作食物，官府也禁止不住。婦女和兒童被反綁起來在市集上出賣，叫作菜人。屠戶買去後，將這些菜人像牛羊般地宰殺。

這周家的祖先，從**東昌**府經商歸來的路上，到一個店裡吃午飯。屠戶說：「肉已經賣完了，請稍等一下。」一會兒，便見他拖著兩個女人到廚房去，大聲說道：「客人等待很久了，可先取一個蹄子來！」周某急忙前去制止，只聽一聲長長的慘叫，一個女人已被活生生地砍斷了右臂，痛得滿地打滾。另一個女人則嚇得渾身發抖，面無

【景城】河北獻縣村莊名，作者租居於此。
【崇禎】明代最後一個皇帝的年號。
【東昌】府名，治所在今山東聊城。

血色。她倆見周某進來，一起哀叫著，一個要求讓她快點死去，以免再受痛苦；另一個則請求救她一命。

周某見這情景，不禁動了惻隱之心，便出錢把她們贖過來。那斷臂的女人眼看活不成了，只好馬上用刀刺進她的心窩，結束了她的生命；另一個便帶回家裡。周某因為沒有兒子，便將這女人納為侍妾。後來終於生下個兒子，這兒子右臂有條紅線，從腋下繞過肩胛，和斷臂女子的情形一模一樣。

從此，周氏傳續了三代才絕後。人們都說周某命裡本該沒有兒子的，能夠得以延續三代，是因為做了那件善事的緣故。

【內容評論】

歷代以來自然災害時常發生，人吃人的慘劇也不罕見。明末政治極端腐敗，人禍天災接連不斷，終於導致流寇李自成攻破北京。至清初，即使遠在廣東，人食人這種慘事也時有發生。詩人屈大均曾寫有《菜人哀》一詩，就敘述一婦人自願賣給屠戶作「菜人」，爲的是換取金錢使丈夫免遭餓死。詩中描繪肢解生人的慘酷情狀，令人驚心動魄。至於本文周某行善而得以延續後代，那只是巧合，作者附會到迷信上去，是爲了教化人心。

老儒肆詐

淮鎮在獻縣東面五十五里處，就是《金史》中所稱的槐家鎮。有一個姓馬的人，家中忽然出現變幻怪異的事情：半夜裡有時遭瓦片石塊拋擲，有時聽見嗚嗚的鬼叫聲，或是無人的地方突然冒出火來；騷擾了一年多沒有停止。主人**禱禳**也無效，於是另買一所房子搬走了。但租住這房子的人，照樣被騷擾戲弄，不久也搬走了，因此便沒有人敢再來居住。有位老儒士不信這種事，用賤價買了那所房子，**卜日**搬進去居住，竟安靜無異常。有些人便說是他的品德能制伏妖魔。過了不久，有個刁猾賊人上門和老儒爭執辱罵，於是人們才知道這所房子的種種變幻怪異，都是老儒士用錢買通那賊人在夜裡幹的，並非眞的有鬼魅。先父姚安公說：「鬼魅也不過會變幻罷了。老儒士能夠玩弄這樣的伎倆，即使稱他是眞鬼魅也可以了。」

【禱禳】祈禱鬼神以求消災除禍。禳，音ㄖㄤˊ。

【卜日】選擇日子。

【內容評論】

老儒用裝神扮鬼的手段撈取便宜，自以爲伎倆高明，可以掩人耳目，不料一件意外小事便把他的陰謀揭穿了。可見虛僞的東西，總歸是要暴露的。舊時代的鬧鬼，相信也多同這件事有類似之處。

荔姐

滿老太婆是我弟弟的奶媽，她有個女兒名叫荔姐，嫁給附近村子的居民爲妻。有一天，荔姐聽說母親病了，心中焦急，也不等丈夫同行，便狼狽地奔向母家。

當時天已經黑了，只有弦月透著點微光。她一回頭，見後邊有個人急急地追來。荔姐猜測這是個強暴之徒，可這曠野之中又沒有一個人可以呼救。於是，她就藏身在一座墳墓邊的白楊樹下，取下簪子和耳環揣入懷裡，然後解下衣帶繫在脖子上，披散頭髮，吐出舌頭，瞪大眼睛直勾勾地朝前凝視，等待來人。那人將要走近了，她不僅不躲避，反而招呼那人坐下。那人近前一看，以爲是個吊死鬼，頓時嚇得跌倒在地上起不來。荔姐乘此機會拚命飛跑，終於避免了侵害。

當荔姐踏入家門時，全家人見她這副模樣，不禁大吃一驚。隨後慢慢問清事情經過，大家又氣惱又覺得可笑。正在議論要向鄰居追查那個狂徒，第二天，便聽見村子

【符籙】道士所書的圖形或錢條，哄騙人說它能驅使鬼神，消災求福。籙，音錄。

裡鬧哄哄地傳開了，說是某家一個少年遇鬼中了邪，那鬼現在還跟在他身邊，他發了瘋並開始胡言亂語。後來，他家為他請醫服藥，請道士畫驅鬼逐邪的的**符籙**，但都沒有效。這少年竟終身得了癲癇病。

這病或許是因為恐懼之餘，妖邪乘虛侵襲了他；或許這一切幻象，都是那少年心中的幻覺造成的；也可能是神明要譴責壞人，暗中奪去了他的魂魄。究竟如何，我們並不清楚；但是，無論怎樣，此事都可以成為行為輕薄的少年們之鑒戒。

【內容評論】

荔姐的機智和鎮定，是值得讚許的，至於作者把那個惡少因驚悸而致病歸於神明的報應，就不必相信了。

辨鬼

唐執玉**制府**曾復審一件殺人案，案子已經定了。一夜，唐點起蠟燭獨坐，忽然隱約聽到哭泣聲，好像逐漸靠近窗戶。他叫婢女出去看看，只聽大叫一聲，婢女跌倒在地。唐執玉撩開門簾出來，便見一鬼滿身鮮血跪在堂階下。唐大聲喝斥它。鬼叩頭道：「殺我的是某甲，縣官卻錯判是某乙。這個仇不報，我是不能閉眼的。」唐執玉說道：「知道了。」那鬼便走了。

第二天，唐執玉親自提審。案中衆人供認死者的衣服鞋子，與他昨晚所見的鬼穿戴完全相同。於是唐執玉更加相信鬼的申訴，竟按它的指控改判某甲是凶手。負責審理此案的官員舉出種種理由申辯，但唐執玉始終認爲**南山可移**，這個案子是不能翻的了。他的幕客懷疑另有緣故，委婉曲折地詢問唐執玉，唐這才將那晚的事從頭到尾說了出來。幕客聽了，也沒有什麼辦法。

【**制府**】總督。清代管理一省或幾省的官員。

【**南山可移**】唐太平公主與人爭磨坊，雍州司户參軍李元紘判還原主。雍州長史命元紘改判，元紘在判決書後寫道：「南山可移，判不可搖也。」見《新唐書·李元紘傳》。

一夜，幕客求見唐執玉，問道：「鬼是從哪裡來的？」答道：「它自己來到階下。」幕客又問：「鬼從哪裡走的？」答道：「忽然翻過牆頭走了。」幕客道：「凡是鬼都只有形狀而沒有實質，它離開的時候應該是飄然隱沒，不應該是翻牆而走。」於是兩人便一同到翻牆的地方尋看。雖然牆上的瓦沒有破裂，但剛剛下過雨，幾重屋面上都隱約有泥跡，泥跡直到外院牆落地。幕客指著這些痕跡給唐執玉看，說道：「這必定是罪犯買通身手快捷的盜賊幹的。」唐沉思之後，恍然大悟，決定仍維持縣官原來的判決。他隱瞞了這件事，也沒再對這騙局加以追究。

【內容評論】

鬼魂訴冤，所穿服飾與死者相同，不由得使唐執玉堅信不疑，以爲鐵案如山，不可改變。原審官員雖百般申辯，也不考慮。怎料鬼訴卻是人爲，作僞者正是利用人們迷信鬼神的弱點，逞其伎倆。這恰好說明了迷信的爲害和鬼神的並不存在。

僧詐

景城村南邊有座破落佛寺，四周沒有住戶。寺裡只有一個和尚帶著兩個徒弟掌管香火，他們都蠢鈍得像鄉下的雇工，見了人不懂得行禮。但這幾個和尚實際上詭詐得很，他們暗中買來松香，用火煉成粉末，夜裡用紙捲起來點燃撒向空中，焰火四射。人們望見前往詢問，卻見師徒正關門熟睡，他們都說不知道這事。師徒等又暗中買來戲臺上的佛衣，作成菩薩、羅漢的模樣，月夜時，將它們豎立在屋背上或隱約掩映於寺門樹下。人們望見前去詢問，他們也說沒有見到。有人將所見到的情形告訴他們，他們就合掌說道：「佛在西天，到這破落寺院做什麼？現在官府正禁**白蓮教**，我和先生們無冤無仇，何必造出這些事來害我？」人們於是更加相信那是佛的顯靈，佈施也一天天多起來。但寺院卻一天天破敗，他們也不肯**修葺**一瓦一椽，說：「這裡的人喜歡製造流言蜚語，常說這寺院出許多怪異的事。我們如果再加裝修，那麼，造謠惑眾

【白蓮教】混合有佛教、明教、彌勒教等內容的祕密宗教組織。農民起兵常用它作為抗爭的工具。清代對白蓮教禁得很嚴。
【修葺】修理。葺，音氣。

的人就更有藉口了。」過了十多年，他們漸漸富有起來了。一天，強盜忽然光顧了他們的屋子，師徒都被拷打致死，他們全部的財物也都被拿走。官員們檢查所剩下的袋子箱篋，發現有松香、戲服等物品，這才領悟到他們的奸計。

這是前朝明崇禎末年的事。先高祖厚齋公說：「這個和尚用不故意**蠱惑**人的手段來使他人迷惑，也算是十分巧妙了。但是用蠱惑的方法得來的東西，正好又用來害了自己。從這一點看，即使說他是最笨拙的人也可以的。」

【蠱惑】欺騙、迷惑。蠱，音古。

【內容評論】

景城寺僧造弄出許多菩薩顯靈的現象，卻又極力否認這些神異的存在，以加深事情的可信度，其巧妙更在一般騙術之上。但不管他心思多巧，方法多周詳，最後還是以人財兩失告終。

泥古不化

劉羽沖，他的名字已不知道，是滄州人氏。我死去的高祖父厚齋公以前經常和他詩詞唱和。他性情孤僻，喜歡講求古代的典章制度，但其實是不切實際而行不通的。他曾請董天士爲自己畫畫，又託厚齋公題詩。其中一幅《秋林讀書》的畫，厚齋公題的是：「兀坐秋樹根，塊然無與伍。不知讀何書，但見鬚眉古。祇愁手所持，或是**井田譜**。」就是因爲要規勸他才這樣題的。

劉羽沖偶然得到一部兵書，伏案讀了一年，自認爲可以帶兵十萬了。剛巧這時發生了土寇變亂，劉羽沖自行訓練鄉兵與他們戰鬥，結果整個隊伍潰敗，自己也幾乎被擒。他又得到過古代興修水利的書，伏案讀了一年，自認爲可以使千里之地變成肥沃的土壤，於是繪圖列上措施呈給州長官。州官也是個喜歡多事的人，便叫劉羽沖在一個村子裡試行。田間水渠剛剛修完，就發大水了，水順著**溝洫**灌入，全村的人幾乎都

【井田譜】宋代夏休著《周禮井田譜》，研究周代所實行的井田制度。
【溝洫】田間灌溉排水的水道。洫，音序。

成了水裡的魚。

從此，劉羽沖抑鬱不得意，常獨自在庭院臺階上走來走去，搖頭自語道：「古人難道會騙我嗎？」就這樣，每天念叨千百次，都只是這一句話。不久，他便發病死了。以後，每逢風清月白之夜，常見到他的魂魄在墓前的松柏樹下，搖著頭獨自走來走去。人們側耳細聽，所念叨的仍是這一句話。有人取笑他時，鬼魂便突然隱滅。第二天去探看，他依然是那樣。拘泥於古代成規的人是很愚蠢的，但怎會愚蠢到這個地步呢？

阿文勤公曾教導我說：「人滿肚子都是書，是會誤事的；肚裡全無一卷書，也會誤事。全國第一流的圍棋手並不廢棄舊傳的棋譜，但不會固執依照舊譜。具有全國水平的醫生不拘泥於古代的醫方，但也不會背離古方。所以說『神而明之，全在於運用它的人。』又說：『別人只能給你畫圓的規、畫方的矩，卻不能使你手巧。』」

【阿文勤公】清滿洲正白旗人阿克敦，文勤是他的謚號。

【內容評論】

盲目崇拜古人，盲目照搬古代經驗和制度的泥古者，在傳統時代是常有的。但泥古不化到像劉羽沖這樣，則較爲罕見了。他據古法來用兵則兵敗，來修水利則反遭水淹，這眞是絕妙的諷刺。「古人難道會騙我嗎？」一句話，生動地刻劃出劉羽沖深陷泥古的泥坑中至死不悟的可笑形象。

祈夢決獄

我的**再從伯**燦臣公講了這樣一件事：從前有位知縣，遇到某件殺人案，無法判決，被牽連的人一天天多起來。於是他到城隍廟要求神賜夢指點。夢中見神領來一鬼，那鬼頭頂著磁盆，盆中種著十來竿竹子，青翠可愛。醒後他調翻閱案卷，見有姓祝的人，「祝」「竹」同音，心想必定是他了。嚴刑審問，並無可疑之跡。他又翻閱案卷，見有名字叫「節」的人，暗自想道：「竹子是有節的，必定是這個人了。」又嚴加審問，也沒有可疑的罪跡。而這兩個人已經被拷打得半死不活了。他再沒有別的辦法，於是便以疑案上報，請准予另行緝捕凶手，但始終也沒抓到。

但凡是疑案，如果虛心研究和審訊，或許能審出眞實情況來。禱告神靈祈求賜夢的做法，不過是用以威嚇無知的老百姓，哄他說出實情罷了。如果用夢中所見的恍惚的印象，加以**射覆**般的猜測，據以作爲確當的判決，那就少有不錯誤的。從古以來祈

【**再從伯**】父親同祖父的兄弟，即父親的堂兄。

【**射覆**】古代一種遊戲。先將某物用器具覆蓋著，然後令人射（猜）是何物。

夢判案的事，我認爲都是事後加以附會的。

【內容評論】

審理案件，本是關係到當事人生死利益的嚴肅事情，可是有一些官吏十分昏庸無能，兒戲從事，把夢中的情景胡亂聯繫，隨意作爲判案的依據，致使冤獄滋生，是非顚倒，今人慨嘆。作者指出，祈夢決獄的玩意，只不過是用來嚇唬老百姓的手段；被譽爲應驗的，也只是事後的湊合附會罷了。

雷擊案

清代雍正十年六月，一天夜裡發生大雷雨，獻縣縣城西邊有一村民被雷擊斃。知縣明晟前往勘驗，命令將死者殯殮入棺了。過了半個多月，明晟突然拘捕了一個人，審問他道：「你買火藥做什麼？」答道：「用來打鳥。」明晟盤問道：「用銃打雀，使用火藥少的不過幾錢，多的不過一兩左右，足夠一天用了。你買二三十斤，是什麼緣故？」答道：「準備許多天用的。」又問道：「你買火藥不滿一個月，計算起來用去的不過一二斤，其餘的現在存放在哪裡？」那個人無話可答。明晟於是用刑審問，果然審出他因姦謀殺的情形，和姦婦一起被處了死刑。

有人問明晟：「你怎知道是這個人幹的？」答道：「火藥非要幾十斤不能偽裝成雷。配製火藥必須用硫磺。現在正是盛夏，並非過年過節燃放爆竹的時候，買硫磺的人少得可以數出來。我暗中派人到市場上，調查購買硫磺的人哪個買得多，人們都說

【銃】音ㄔㄨㄥˋ，火槍。

是某工匠。又暗中調查某工匠將火藥賣給誰，人們都說是賣給某人，因此便知道了。」又問：「你怎麼知道那雷是僞造的呢？」答道：「雷轟擊人，是自上而下的，不會劈裂地面。有時擊毀房屋，也是自上而下。現在這宗案件，屋頂**苫草**和橫梁都飛起，土炕的炕面也被掀去，可知火是從下面起來的了。另外，這地方離城五六里遠，雷電應該是相同的。那夜雷電雖然迅猛強烈，但都是盤繞在雲裡頭，沒有向下轟擊的情況，所以知道那雷是假的。當時那名婦人已先回娘家了，難以追究盤問。所以必須先抓到這個人，然後才能審問婦人。」這位知縣眞稱得上是明察秋毫了。

【內容評論】

和上一篇求夢判案不同，這是一篇機智嚴密的判案紀錄。知縣明晟有豐富的辦案經驗，他深入調查審訊，使作僞者無所遁形。本篇是《閱微草堂筆記》辦案故事中的精彩之篇。

【苫草】用草編成的覆蓋物。苫，音ㄕㄢ。

女巫作僞

女巫郝老太婆，是個狡詐的鄉村女人。我幼年時，在**滄州**呂氏姑母家見過她。她自稱狐神附在身上，能夠預言人家的禍福。人們家中一切瑣碎事情，她件件都知道。因此，信她的人很多。其實她分佈了黨徒，結交人家的婢女僕婦，代爲刺探各家的隱私，以達到她詐騙的目的。曾有一位孕婦，問她將會生男還是生女，郝巫婆預言是男的，後來卻生了個女兒。婦人質問她何以神的話不靈驗，郝巫婆發怒瞪起眼說：「你本應是生男孩的，但某月某日，你娘家贈送餅食二十件，你將其中六件送上給公婆，藏起十四件自己吃了。陰司怪你不孝，於是把你該生的男孩轉爲女孩。妳還不醒悟嗎？」孕婦不知這事老早就被巫婆探聽到，便驚恐地認罪了。郝巫婆找理由遮掩其騙術的伎倆，都和這件事相同。

一天，郝巫婆正在燒香請神，忽然端正地坐著，高聲說道：「我是眞正的狐神

【滄州】今河北滄縣。

【**服氣煉形**】服氣，道家修煉之術，方法是口中吐出濁氣，鼻孔吸入清氣，故又稱吐納。煉形，狐類通過修煉變成人形。

哪。我雖然和人類混雜相處，實在是各自去**服氣煉形**，怎肯同這鄉下老婆子混在一起，共理人家的瑣碎事情呢？這老婆子詭計多得很，用妖邪怪誕的辦法撈錢，卻假借我們的名義。因此，今天我真的附到她身上，使大家都知道她的奸計。」於是逐件細數郝巫婆偷偷幹下的壞事，並且舉出她黨徒的姓名。說罷，郝巫婆霍然像從夢中醒來一樣，狼狽地逃跑了。她的結局怎樣，後來也沒有人知道了。

【內容評論】

巫婆裝神弄鬼，本是欺人之術，但何以常有點小靈驗，因而能迷惑群衆呢？本篇揭露了其中內幕，使迷信的人可以由此及彼，明白一切鬼神變幻，大抵都是採取這類伎倆弄出來的。至於託言狐神來揭發巫婆的奸計，則是作者在破除這一迷信時又陷入另一種迷信中了。

張福

張福，**杜林鎮**人，以擔貨販賣爲職業。一天，他和鎮上一個土豪相遇爭路，土豪指揮僕人把張福推落到石橋下面。當時河水正結冰，冰的稜角像鋒利的刀刃，張福被撞得顱骨破裂，只剩下一絲微弱的呼吸。里正一向懷恨那土豪，馬上向官府報告。官員想藉此在土豪身上撈一把，因此案子辦理得很急。張福暗中叫母親去對土豪傳話：「你償我的命，對我有什麼好處？如果你能爲我養活老母和幼子，則趁我未死，我可到官府說明是自己失足跌落橋下的。」土豪答應了。張福粗略識些字，還能夠忍著疼痛自行寫了狀詞。活著的受害人的供詞確確鑿鑿，官吏也無可奈何。張福死後，土豪竟違背諾言。張福的母親多次向官府控告，但因有張福生前證供爲據，始終不能平反。後來土豪醉中騎馬夜行，因馬失蹄跌落橋下而死。人們都說：「這是他對不起張福的報應呀！」

【杜林鎮】在今河北滄州西面。

先父姚安公說：「審判案件的確很難呀，兩人命案尤其難：有頂替凶手的，甘願代別人受死刑；有用錢疏通私自了結的，甘願出賣其親人。這些已經是倉促間不易審清的了。至於被殺的人親手寫下供詞，說明自己不是那個人所殺，這事就算叫**皋陶**來審理，也不能判那凶手有罪呀！要不是凶手違約不付錢，以致遭到鬼神的誅殺，他差點就可以用錢財逃脫罪責了。訴訟的情況千變萬化，什麼花樣沒有？掌管刑律的官員能只據事理來輕率判決嗎？」

【內容評論】

歷代的訟案，正如本篇所說的，是「訟情萬變，何所不有」。除了頂凶代死、賄和鬻親之外，還有像張福那樣令人意想不到的案情。官員倘不審慎，則含冤者就沉冤莫白了。

【皋陶】音高堯，傳說上古舜帝時掌刑律的官員。

回煞

我表叔王碧伯的妻子去世，占卦的人說某天**子時**會**回煞**，於是全家的人都外出避開。這時有個賊人僞裝成煞神，翻牆入屋，正在打開箱子抓取首飾，恰巧又有另一賊僞裝成煞神前來，發出嗚嗚的鬼聲慚慚逼近。前一賊倉皇逃出去，和後一賊人在院子裡相遇。彼此以爲對方是眞煞神，都驚得掉了魂魄，面對面地跌倒在地上。黎明時，王家的人哭著入屋，突然見到他倆，大驚，仔細一看才知道是賊人。於是用薑湯把兩人灌醒，就讓他們穿著鬼裝，捆送官府。沿路聚集觀看的人，無不笑得前仰後合。

根據這件事來看，回煞的說法應該是荒謬的了。但是，回煞的形跡，我實在是多次親眼見過的。鬼神的事，幽暗不明，實在不知道它是怎麼回事。

【子時】為晚間十一時至翌晨一時的這段時間。

【回煞】舊時迷信的說法，按人死時的年月日推算所謂鬼魂回家的時間，並說這時會有凶煞出現，家人都須走避，以免危險。

【內容評論】

回煞是個古老的迷信習俗，北齊顏之推的《顏氏家訓》中即有這方面的記載。直到現代，也仍有無知的人相信這一套。讀了本篇當可破除這一迷信了。

許南金不畏鬼

南皮人許南金先生，最有膽量。他在僧寺讀書的時候，和朋友共睡一張床。半夜裡，見北邊牆上點著兩支火把。他們仔細一看，卻是個人臉從牆壁裡出來，它像畚箕那樣大，兩支火把是它的眼光。朋友兩腿發抖，怕得要死。許南金先生披上衣服慢慢起來，說道：「我正想讀書，苦於蠟燭燒盡了，你來得正好。」於是拿起一本書背朝人臉坐著，誦讀之聲，清朗響亮。他讀了沒幾頁，那目光慚慚隱滅，拍牆叫它，它也不出來了。

又一夜，許南金上廁所，一個小童拿著蠟燭跟隨。那怪臉突然從地裡湧出來，對著許南金笑。童子驚得丟了蠟燭跌倒在地。許南金即把蠟燭抬起放在怪臉頭頂，說道：「蠟燭正缺燭臺，你來得又正好呀！」怪臉仰望看他，一動也不動。許南金先生說道：「你哪裡不好去，卻來到這裡？**海上有逐臭之夫**，你大概就是這類人吧？那

【**南皮**】縣名，今屬河北滄州地區。

【**海上有逐臭之夫**】《呂氏春秋》記載，有個人有特濃的臭味，親朋兄弟都無法和他相處，他只好住在海島上。想不到那裡有個人特別喜歡他的臭味，成天跟著他。後來便用此來比喻有怪癖的人。

麼，不可辜負你的來意。」說完就以用過的髒紙擦它的嘴巴。怪臉大嘔大吐起來，狂吼了幾聲，把蠟燭弄滅，就隱沒了。從此，怪臉不再出現。

許南金先生曾說過：「鬼魅都是真的存在，有時還能見到它們；只要檢視自己生平言行，如果沒有不可面對鬼魅的事，那麼這顆心自然不會動搖了。」

【內容評論】

這是個著名的不怕鬼故事，寫許南金的大膽、冷靜，很具感染力。古人難以達到無鬼論的境界，能承認人不怕鬼這一點，已是難能可貴了。

【神宗】明代皇帝朱翊鈞，年號萬曆。
【輪迴】佛教名詞。佛教認為眾生各依所作善惡業因，一直在所謂六道（天、人、阿修羅、地獄、餓鬼、畜生）中生死相續，昇沉不定，有如車輪的旋轉不停，故稱輪迴。

鬼隱

戴東原講了這樣一件事：明代末年有個姓宋的人，爲選擇墓地，來到安徽歙縣的深山中。黃昏時，風雨將要襲來，他見山巖下有個洞，便鑽進去暫避。聽到洞內有人說道：「這裡面有鬼，您不要進來。」宋某問道：「那你爲什麼進來？」答道：「我就是鬼呀！」宋某要求和他見面，鬼答道：「如果和您相見，那麼您的陽氣和我的陰氣便會相鬥，您必定會忽寒忽熱地有點不舒服。不如您燒起堆火來自衛，我們遠遠地隔開座位交談吧！」宋某問道：「您必定有墓地的，爲什麼卻住在這裡？」答道：「我在明朝**神宗**時做知縣，因爲厭惡官宦互相侵奪財產地位、爲求陞官而互相傾軋的行爲，於是棄官回家鄉了。我死後向閻羅王請求，不要再**輪迴**到人間。於是便按我來世應享的官職和俸祿的標準，改任爲陰間的官。沒想到陰間的互相爭奪傾軋，也和人世一樣，於是我又棄官回到墓裡。我的墳墓處在許多鬼魂的墓穴之間，他們往來嘈

【武陵漁人】晉人陶潛《桃花源記》虛構了一個漁人入桃花源的故事，說是武陵地方有一個漁人誤入桃花源，發現由秦代避難的人組成的一個與世隔絕的社會。他出來後，再去尋找卻找不到了。

雜，弄得我不勝其煩，不得已避居到這裡。這裡雖然淒風苦雨，寂寞冷落得使人難受，但是和宦海風波、人世道路上的陷阱相比，我就如生活在天堂裡一樣了。在這空山裡寂寞度日，我都忘掉了歲月。和群鬼相隔絕，不知有多少年；和人相隔絕，則更不知有多少年了。自己慶幸解脫了種種因果的纏繞，潛心於尋找大自然的奧祕，想不到又接觸到人的蹤跡，明天我應該立即遷居。您也無須做**武陵漁人**，再訪尋桃花源了。」說完，不再對答。宋某問他姓名，也沒得到答案。宋某帶有筆硯，於是便蘸滿墨汁，寫了「鬼隱」兩個大字在洞口，便回家了。

【內容評論】

這是個寓言。雖然假託發生在明代，實質卻是指斥當時現實的。它借主人公之口，指出官場的黑暗和傾軋，連陰間也受了影響。相比之下，荒山雖然淒涼，反而使人覺得像在天堂。這種強烈的對比手法，使人更深刻認識到官場的醜惡和可怕。全篇用一問一答形式構成，語氣雖似平實，而實含極大憤慨。

《如是我聞》卷

扮鬼偷盜

有一位南方的文士，通過文章交遊於大官之間。他偶然得到一塊漢玉**璜**，它的質地紋理晶瑩潔白，血色的斑紋深入到玉石的脈理中，文士曾用它來鎮紙。一天，文士借住在某老先生家裡。他正在燈下構思一篇文章，聽見窗縫發出聲響，忽見一隻手伸進來。他懷疑是賊，便拿起鐵如意想打；但見這手纖細得像春蔥，便縮手停止。他把窗紙弄了個洞偷看，卻是個青面**羅刹**鬼，驚得他跌倒在地。及至醒過來，那玉璜已不見了。他懷疑那鬼是狐魅變幻出來的形象，便不再追問。後來，這文士在市場上偶然見到那塊玉璜，問起它的來歷，但它已輾轉經過幾個主人的手，終於無法查出所以然。過了許久，才知是某老先生的家奴扮鬼偷去的。

董曲江開玩笑說：「他知道先生是**惜花御史**，所以敢露出那嫩白的手。如果遇著我們這些粗魯的人，他必不敢自冒斷腕的危險。」我認爲這些奴僕假扮成鬼的裝束，

【璜】古玉石器名，形狀像璧（圓形）的一半。
【羅刹】佛經中惡鬼的通稱。
【惜花御史】應作惜春御史，唐代官名，掌保護花木。《雲仙雜記》卷一「惜春御史」條引《玉塵集》云：「穆宗每宮中花開，則以重頂帳蒙蔽欄檻，置惜春御史掌之，號曰栝香。」

其目的一方面是使人不敢抓他，一方面是使人不再去追查。另外，在燈下一掌擊穿紙窗，怕會遭到捶擊，所以僞裝成女人的手，使別人以爲這不是盜賊；而且引誘人家窺見其兇惡的形狀，使以爲並不是人，他運用的計謀也算十分周密了。這些人替主人做事，往往是愚蠢遲鈍；到了去作奸犯科，便會奇謀詭計環生，如鬼似**蜮**。他們大抵都是這樣的，不僅僅是這個人和這件事呀！

【内容評論】

小偷採用鬼面而女手的方法，是摸透了人們怕鬼的心理，精心安排的。從這裡也可見世間許多關於鬼的傳聞，其實都是一些別有用心的人製造出來的。

【**蜮**】音玉，古代相傳一種能含沙射影使人生病的動物。

遊士

有一位**遊士**，借住在**萬柳堂**。夏天，他的住處陳設著**湘簾棐几**，擺放著古硯七八個，古玉器、銅器、瓷器等十多件，古書古畫卷又十多件，**筆床**、**水注**、酒盞、茶碗、紙扇、棕拂之類，都十分精緻。牆上貼的，也是些名士的筆跡。他焚香閑坐，琴聲鏗鏘，人們望見他就像神仙一樣。如果不是乘坐四馬拉的高大車子的人，是不能夠進入他的廳堂的。一天，有兩個道士一同來萬柳堂遊覽，偶然走過他的住處，他們一邊走一邊說道：「前輩中有得以見到杜甫的，說杜甫的狀貌像是個鄉村老頭子。我從前在**汴京**，見到黃庭堅和蘇軾，也都像是貧寒讀書人的風度。他們都不及近來的名流，有這許多家私用具。」朱導江偶然和道士同行，聽了覺得奇怪，便偷偷地跟在他們後面。到了車馬多而雜的地方，**紅塵**彌漫，他們的蹤影一下子忽然消失了，不知道他們是鬼還是神仙。

【遊士】遊食之士，奔走四方以謀生計的文人。
【萬柳堂】清代北京阜城門外一處有名的園林。
【湘簾棐几】湘簾：用斑竹編成的竹簾。棐几：用榧木做的几。棐，音匪。
【筆床】放毛筆的文具。
【水注】用以注水於硯的文具。

【汴京】宋代京城，今河南開封。
【紅塵】飛揚的塵土，形容繁華熱鬧。

【内容評論】

清代有許多自命爲名士、而其實俗不可耐的人。他們自命清高，擺出一副嚇人的架子。其實古代的大詩人、大名士，都樸實得和普通人一樣。兩相比較，眞假名士，判然可分。作者不著一言，而感慨自見。

長隨

州縣官的**長隨**，談到自己的姓名、籍貫都沒有固定的答案，大概是預防奸謀貪贓敗露後，使人們無法追蹤拘捕他們。我父親姚安公曾見過**房師**陳石窗先生的一名長隨，他自稱是山東人朱文。後來在高淳縣知縣梁潤堂先生家再見到他時，則自稱是河南人李定。梁對他頗爲倚重和信任。臨到梁知縣要動身時，這個人忽然生了怪病，於是將他暫時託付給姚安公留在家中，約定病好後繼續前往。那長隨的病是從兩腳腳趾寸寸爛起，逐漸向上發展，直至胸膈穿漏而死。死後，人們翻檢他的袋子箱子，發現一本小冊，上面寫滿了蠅頭小字，記載著他總共跟隨過十七位官員。每個官員名下都分條列出他們的隱私，詳細記載事情發生在何時何地，某人知曉，某人在旁目睹，以及該官員的往來書信、審案的判決書和文件，無不一一記錄下來。他的同行有了解其人的說道：「這個人曾經用這種方法挾制過幾個官員。他的妻子原來也是某官員的侍

【長隨】家丁。
【房師】清代科舉考試中已錄取的考生，稱主考官為座師，稱同考官為房師。

【倒持干戈】與「倒持泰阿」同。泰阿是寶劍名。倒拿著寶劍，把劍柄給予別人。比喻輕率授權與人，自己反受其害。

婢，被他勾搭上私逃，走時留了一封信在桌上，那官員竟不敢追查。現在他得了這病，豈不是天意報應嗎？」霍易書老先生說：「這類人投靠人家門戶，本是爲了營私舞弊的目的而來。比如養鷹吧，牠本吃肉，絕不能強求牠吃穀物，問題在於主人能否善於駕馭他們罷了。如果主人喜歡他們的機靈，託付以親信的重任，這就像**倒持干戈**，讓刀把子給人抓住一樣，反受其害。這個長隨不值得責備，我要責備的是那十七位官員哩！」姚安公說：「這話還未抓住根本問題。倘若那十七位官員，都絕對沒有見不得人的隱私可記，就是長隨天天帶著筆等著，又能做得出什麼來呢！」

【内容評論】

清代官場有時是很污濁的。除了官員貪贓枉法外，還有四種對老百姓爲害很大的人，就是書吏、差役、官的親友、官的僕役，他們操縱政務，控制長官，上下其手，爲非作歹。本篇中的長隨，其手段細密陰險，超乎人們想像。本文所揭露的雖僅是他們劣跡中的一個側面，但從中也可窺見清代官場的渾濁和醜惡了。

姜三莽

我的父親姚安公聽先曾祖潤生公講過這樣一件事：景城有個叫姜三莽的人，性情勇敢而又**戇**直。一天，他聽人說起**宋定伯賣鬼**得錢的故事，很高興地說道：「我今天才知道鬼是可以捉的。如果每晚捉一個鬼，吐唾沫使它變成羊，天明牽到屠宰場賣掉，就足夠我一天飲酒吃肉的花費了。」於是每晚扛著棍棒、拿著繩子，潛身行走在廢墟和墳墓間，像獵手守候狐狸兔子一樣。但他始終沒遇到過鬼，即使素來被人們說是有鬼的地方，他假裝醉後睡著以引誘鬼出來，也寂然見不到鬼影。一天晚上，他見隔著樹叢的地方有幾點燐火，便跳躍奔向那裡，還未到達時，那些燐火便已星散了，他只好懊喪地走回來。就這樣鬧了一個多月，仍是一無所獲，他只好罷手。大概鬼之所以能侵害人，往往是趁著人們畏懼時動手。姜三莽確信鬼是可以捕捉的，心中已把鬼看得沒有什麼了不起，他的氣焰足以威鎮住鬼，所以鬼反而要避開他了。

【戇】音槓，魯莽。

【宋定伯賣鬼】根據晉人干寶《搜神記》卷十六記載，宋定伯夜行遇鬼，與之交談，定伯冒充新鬼，向鬼探問出鬼怕人唾的弱點。定伯於是捉鬼唾之以唾沫，鬼便化為羊。定伯賣羊，得錢一千五百。

【内容評論】

姜三莽爲人「勇而戇」，因此他心目中的鬼只是可供他捉來換錢買酒肉的獵物，而根本不值得懼怕。但是，現實中終究沒有鬼，於是他毫無所獲。

自貽伊戚

甲同乙很要好，甲請乙來管理家務。後來甲當上**巡撫**，並請乙協助政務，凡事都聽從乙的意見。日久，甲的資財都被乙侵吞了，甲這才省悟到乙的奸計，漸漸開始責備他。但乙抓住甲的隱私，突然反咬一口。甲氣憤不過，便遞訴狀向城隍投訴。夜裡夢見城隍對他說：「乙這麼險惡陰毒，您爲什麼對他信任不疑？」甲答道：「因爲他每件事都合我的心意呀！」神嘆息道：「假如有人事事都合自己的心意，這就十分可怕了。您不怕這種人，反而喜歡他，那麼，他不騙您還騙誰呢？他**惡貫滿盈**，最後必定遭到惡報。至於您，則是**自貽伊戚**，可以不必控告了。」

這是甲親自告訴我父親姚安公的。事情發生在雍正末年。甲是雲南人，乙是浙江人。

【巡撫】清代一省的最高行政長官。
【惡貫滿盈】貫，穿；盈，滿。意思是罪惡貫穿滿了繩索，累積到極限。
【自貽伊戚】意思是自尋煩惱。語見《詩經・小雅・小明》。

【内容評論】

別人事事都迎合自己的心意，必定懷有不可告人的目的。如果不設法防範或拒絕，反而深信不疑，必然是自招煩惱。

假魅

少廷尉陳耕巖在翰林院做官的時候，被鬼魅所騷擾。他爲了逃避騷擾而遷居，但是鬼魅總是隨著前去。這些鬼魅常是投擲小字條揭他的隱私，說的都是些外人所不能知道的事。陳耕巖更加害怕了，常常虔誠地拜祭禱告。有一天，鬼魅又丟下一張字條，內容是責備陳耕巖待姪兒太刻薄，並且警告說：「如果不重重地資助姪兒，災禍將會降臨。」大家由此懷疑是他的姪兒在搗鬼，暗中相約守候偵察。一天夜裡，聽到砸壞器皿物件的聲音，大家突然出來圍捕，果然是耕巖的姪兒。耕巖天性溫和厚道，尤其對骨肉之親感情甚**篤**，只是說：「你需要錢可告訴我，何必這樣做呢？」笑著叫他回去睡覺，從此就安然無事了。

後來，翰林院**編修**吳樸園家突然遭到火災，不知道火是從哪裡冒出來的。他再遷居又再次被火焚。我猜想這也必定是像陳耕巖那樣的事。樸園說：「我本也懷疑是這

【少廷尉】清代官名。
【篤】深厚。
【編修】清代官名。

樣。」但當他第三次遷居泉州會館的時候，一天正與客人坐在大廳中，忽然烈火從天花板內向下射出。那地方不是人所能上得去，也不是人所能躲得進的，這大概眞是鬼魅所做的了。

【内容評論】

世間許多被認爲是鬼魅怪異的事，其實都是人爲的，或者乾脆就是當事者的幻覺。這個故事說的就是這個意思。至於天花板射出火焰，今天看來，有可能是由於熱量蘊積過多，超過燃點而自燃，並不是什麼神祕的、不可思議的事情。

假名斂財

田氏老太婆詐稱她家供奉了狐神，婦女們多前去燒香求問禍福，田氏因此很賺了一些錢。不久，群狐大量聚集她家，索取酒食，田氏把賺來的錢全賠上，還不夠供奉它們。於是群狐打破罈罈罐罐，燒壞衣物。田氏苦苦哀求它們離開，但它們不走，田氏懼怕，打算遷居到別的地方。臨走時，聽到屋上有人大笑道：「妳還敢藉別人名義來賺錢嗎？」從此便安靜不再鬧了，田老太婆也就沒再遷居，但是她原先的財產已因此消耗了一大半。這事是我年少時聽先母說的。

另外，有個道士自稱供奉**王靈官**，用**擲錢卜卦**的辦法來卜問事情，往往有些靈驗，人們來求他祈禱神靈的也很多。有一次，幾個惡少年攜帶妓女入廟，被道士所拒絕。於是惡少年們暗中向戲子借來演王靈官和鬼卒的戲服、帽子穿上，趁著道士夜裡打**醮**時，突然從屋脊跳下來，踞坐責罵道士妖言惑衆，命令鬼卒將他捆起來，提起**鐵**

【王靈官】道教神名。又名玉樞火府天將。相傳為宋徽宗時人，姓王名善，曾得道教首領傳授符法。

【擲錢卜卦】擲錢即擲卦，其法以錢三文在爐上燻過，口念祝詞，祝畢擲錢，視錢之正反，三擲成卦，以卜吉凶。

【醮】音叫，設壇祭神。

【鐵蒺藜】古代軍用障路器械，俗稱鐵菱角，為鐵製之三角物，尖刺如蒺藜。

蒺藜就要拷問。道士驚惶認罪，逐一陳述弄虛作假、詐取錢財的手段。於是惡少年們鬨堂大笑，脫掉衣帽高聲唱著歌走出廟門。第二天，人們找那道士，則已經溜掉了。這是雍正十二年七月間的事。我跟先父姚安公夜裡投宿沙河橋時，聽旅店老闆說的。

【內容評論】

道士裝神弄鬼，假借王靈官之名以發財；不料別人也同樣裝神弄鬼，用王靈官來嚇唬他，讓他逐一交待詐僞的底細，其狼狽情狀，令人發笑。以其人之道，還治其人之身，在當時也算得上是破除迷信的良法。

圓光術

世上有一種**圓光術**：把一張白紙張開在牆壁上，然後燒符請神，讓五六歲的孩子觀看那張紙，孩子必會見到紙上突然出現個大圓鏡；鏡裡的人物，歷歷顯示著未來的事情，如同**卦影**一樣。但卦影只暗示跡象，這圓鏡則可以清楚地顯現形狀。龐斗樞會這種方術。某書生向來和斗樞親密，他曾打一位婦女的主意，於是暗中求斗樞施行圓光術，看看事情能否成功。斗樞吃驚地說道：「這樣的事怎可以冒瀆鬼神？」某生再三強要他做，斗樞不得已爲他燒了符，請個孩子注視了許久，那孩子說：「見到一座亭子，亭子中間擺了一張床，三娘子和一個少年坐在上面。」三娘子是某生死了的妾。某生正在責罵小孩子胡說，斗樞大笑道：「我也看到這些。亭子裡還懸有一塊匾，小孩子不認識上面寫的字，所以沒有提到罷了。」某生怒問：「什麼字？」答道：「是『**己所不欲**』四個字呀！」某生無話可說，抖抖衣服生氣地走了。

【圓光術】舊時江湖術士宣揚迷信的騙人伎倆。術士持鏡或白紙念咒，然後讓兒童觀看，說上面能出現種種形象，以此預卜吉凶禍福。
【卦影】江湖術士的一種迷信術，以詩畫筆畫圖案等附會人事，以預卜古凶。
【己所不欲】《論語・顏淵》：「己所不欲，勿施於人。」意謂自己所不喜歡的事物，不要強加於別人。

對於這件事，有些人說：「斗樞所燒的其實並非符，他先用糕餅哄那孩子，教他說了上面的那番話。」這種說法近乎事實。雖說這是惡作劇，但歸根到底，並不違背應當規諫朋友過失的道理。

【内容評論】

龐斗樞被認爲會圓光術，但當他爲朋友所逼要施術時，卻沒有拿出眞「本領」來，而是用餅餌去哄小孩，串通玩了一齣把戲，藉以規勸朋友。從這點看，恰好證明圓光術的虛妄。

某醫

吳惠叔講了這樣一件事：有某醫生，素來謹慎忠厚。一天晚上，有位老婦拿了金釧一雙，來買墮胎藥，醫生大驚，堅決拒售。第二晚，老婦又加了珠花兩枝來買，醫生更吃驚了，極力趕走了她。

過了半年多，醫生忽然夢見被陰司拘傳，說是有人控告他殺了人。到了陰司，只見一個披頭散髮的女子，脖子上勒著紅巾，同陰官哭訴向那醫生買藥不成的情況。醫生說道：「藥物是用來救人的，我怎麼敢殺人以圖利！你自己因爲姦情而死，能怨我麼？」女子說道：「我求藥的時候，懷的胎兒還未成形，如果墮了它，我就可以不死。這樣做不過毀掉一塊沒有知覺的血塊，而保存一條等死的人命呀！既然得不到藥物，我就不能不把孩子生下來，以致孩子遭到扼殺，受了種種痛苦，我也被逼而上吊了。這樣一來你想保全一條生命，反而害了兩條生命呀！罪過不歸你承擔，反要歸誰

【理】這裡指的是宋代理學家裡朱派提倡的理。他們認為：「未有天地之先，畢竟也只是理，有此理，便有此天地。」他們所說的『理』，實際上指的是封建倫理綱常。而理是無所不在、永恆存在的，所以他們的理論是企圖使封建倫理永恆化。

承擔呢？」陰官嘆息道：「你所說的，是斟酌當時事勢的處理辦法；他所堅持的，卻是『**理**』呀！自從宋代以來，固執一個『理』字而不考慮事勢的利和害的人，哪裡只他這個人呢？這事你就算了吧！」說時敲著桌子發出聲音，醫生悚然一驚就醒過來了。

【內容評論】

這是個值得思考的故事。懷孕女子告狀的理由，是醫生沒有因應事勢的不同來處理事情，平白害了兩條生命。醫生則認為不管情勢如何變化，「理」要堅持到底。作者反對宋代以至當時的理學家們只講「理」而不顧客觀利害的理論，他記錄這篇故事的用意是十分清楚的。

某媪奪婚

在最危最急的地方，有時會忽然出現意想不到的事；發生無理無情的事情，其中或許會另有緣故。這時應當不拘常規來解決，而不能用刻板不變的方法予以判斷。我家鄉有位老婦人，無緣無故帶領幾十個老年婦女，突然到鄰村一戶人家裡，推門直入，把他家的女兒搶走了。人們以爲是尋仇鬧事吧，這兩家卻一向沒有往來；以爲是強搶成婚吧，那老婦又並沒有兒子。鄉里驚怪，不明白是什麼原因。女家向官府控告，官府發出公文拘捕，兩老婦已帶了女子先逃，無法追尋其蹤跡；和那老婦一同參與此事的婦女也四散逃亡。官府拘留了許多人，經過反覆審問，才有一人吐露了眞實情況，他說：「老婦只有一個兒子，患上肺癆病快死了。老婦撫摸著兒子痛哭說：『你死自是命中所注定，可惜沒有留下一個孫兒，使祖父成爲餓鬼了。』兒子呻吟著說：『孫兒不一定準能得到，但也還有希望。我和某人的女兒私下發生過關係，她已經有八個月身孕，但恐怕那孩子生下來必定會被弄死罷了。』兒子死後，老婦獨自嗟嘆嘮叨了十多天，便突然做出這件事來，大概是想劫取那女子以保全其胎兒吧！」官員悵惘地說：「既然這樣就不必緝捕了，過兩三個月他們會自己回來的。」到期果然老婦抱著孫兒來自首，官員也無奈她何，僅判以犯「**不應爲**」從重的律例，處以打板子刑罰，但可以繳款贖免而已。這事的變化像**兔起鶻落**般迅捷，稍放鬆點就過去了。這老婦也眞敏捷如神啊！

安靜涵說：當老婦帶了那女子乘夜逃跑時，用三輛車子載上婢女和老婆子，加上自己一車，分四條路行進，所以人們無法測知她在哪一路車裡。她又不走官路，而是橫斜曲折地走，岔路中又有岔路，所以沒人知道她的去向。而且她早行夜宿，一天也不停留，等那女子分娩後才租屋住下來，所以無法尋到她的住處。她的計畫十分周密。女子回家後，被父母所拋棄，便來同老婦一起撫養孤兒，竟沒有再嫁人。因爲她一開始是私自相愛幽會，所以旌表節婦的典冊沒有記載她的名字，這裡也不指明她的氏族了。

【不應為】清代刑律有「不應為」一條，即做了不該做的事。而不應為罪又可分輕重量刑，這裡是指以「不應為」罪從重處罰。
【兔起鶻落】如兔子的躍起、鷹隼的衝下，以喻動作迅捷。鶻，音胡。

【内容評論】

老太婆劫走人家的女兒，主客觀的理由均不能成立，令人茫然不解。後來情況查明，則事件的曲折，手段的出奇，都有令人意想不到之處。世事的複雜和變化，確是不能用簡單刻板的方法去判斷的。

甲乙相仇

甲和乙有舊仇，乙日夜都打算搞垮甲。甲知道乙的圖謀，便暗中指使其同黨某人，從另外途徑打入乙家，凡是爲乙策劃的事，他都算計周密而未失算過；凡是乙想幹什麼，他都用甲的錢財祕密資助其致用，花錢省而效益成倍增加。過了一兩年，某人很得乙的信任，以前被乙所依靠信任的人都被摒退，不再聽他們的了。某人於是找機會勸說乙道：「甲從前調戲過我妻子，我避忌不敢說出來，但其實恨他入骨，因爲力量敵不過他，所以不敢觸犯。聽說您也與甲有仇，所以來到你家效犬馬之勞。我所以盡心服務於您的原因，固然是爲了報答知遇之恩，也是爲了要對甲報仇。現在有機可乘，何不策劃對他報復呢？」乙大喜過望，拿出許多錢給某人，叫他謀陷甲。某人於是用乙的錢替甲進行賄賂，任何地方都不放過。陷阱既已構成，某人便僞造甲的劣跡和證人姓名告知乙，叫他向官府呈上訴狀。及至開庭審問，則所控訴的事都是**子虛**

【子虛烏有】漢代司馬相如作《子虛賦》，假託子虛、烏有先生及亡是公三人互相問答，後來便用子虛烏有指虛假、不存在的事。

烏有，證人也全部反戈相向，乙因此一敗塗地，被定爲誣告反坐罪判處流放。乙十分憤怒，但因爲和某人長期親密，平日的隱私都被他掌握，不敢再控告，竟氣死了。死時發誓要到陰間控告他，但過了幾十年還是沒有報應。

評論者認爲這件事首先發難的是乙，甲在勢不兩立的情況下，於是鋌而走險，其目的不過是使自身免遭傷害，罪過不在甲這邊。某人本是爲甲去實行反間計的人，是盡忠於其職責，他對乙不算負心，也不能加給他太大的罪名，所以鬼神都不理睬這件事。這事發生在**康熙**末年。《越絕書》記載子貢對越王說：「一旦凡有謀害別人的心而讓人家知道的，就危險了。」這話難道不是十分確實嗎！

【內容評論】

甲乙互相仇視，互相想陷害對方。但甲的手段陰險周密，層層設下陷阱，使乙墮入圈套而不自知，亦可見人心狡詐、世情危惡了。最後作者爲甲和某人開脫責任，持論似公允而實不妥。

【**康熙**】清聖祖玄燁的年號。

《槐西雜志》卷

乩詐

汪旭初講了這樣一件事：曾見有人**扶乩**，請來的乩仙自稱是**張紫陽**。人們問及《悟眞篇》這本書，他不能對答，只是寫道：「那是煉金丹的大法，不敢隨便告訴人。」其時剛好有個僕人的妻子偷了錢私逃，僕人便問：「那女人還能追到嗎？」乩仙寫道：「你前世用錢財引誘人家，買了他的妻子；以後又引誘他飲酒賭博，仍舊取回他所得的錢。這人今世與你相遇，他引誘你老婆逃走這一樁事，是你買他妻子的報應；並且還偷了你的錢，這是你騙取他的錢的報應。陰間早有定數，縱使你追捕也捉不到他們的，不如算了吧！」旭初道：「眞仙自然不會亂說，但您這個說法一出來，凡是奸邪、偷盜的人都將自己的行爲推托是前生的果報，可以不必追捕，這不是對壞行爲起了推波助瀾的作用嗎？」乩無法回答。有懷疑這件事的人說：「這個扶乩的人多和狡詐的惡少年來往，又怎知不是有人把僕人妻子藏了起來，而教他製造這些乩語

【扶乩】舊時迷信活動，兩人共扶一箕請神，箕上插筆，在沙盤上畫字，以卜吉凶。乩，音基。

【張紫陽】名伯端，字平叔，宋代方士，曾著《悟真篇》，講述點金、煉丹術的書，玄妙神祕，極難索解。

呢？」於是暗中派人去偵查。黃昏時，果然看見扶乩者到一條偏僻的小巷去。偵查的人登上屋脊，祕密探察，見一些人在聚賭，那僕人的老婆正裝扮豔麗地逐一向客人勸酒。他暗中招呼巡邏兵丁，包圍了那住宅，屋中人於是俯首被擒。

律例禁止師公、巫婆，因爲作奸犯科的人會藏匿其中。明代術士**藍道行**曾藉用這扶乩術打倒了嚴嵩，評論這事的人並未認爲有什麼不妥，那是因爲大家都厭惡嚴嵩的緣故。**楊繼盛、沈練諸公**撞破頭顱、流血滿地而不能達到的目的，一名方術之士在從容談笑之間，卻置嚴嵩於死地，他的力量也眞是大得很啊！幸好所打擊的是嚴嵩，倘因此而打擊到清高正直的士大夫們，那麼，就算是韓琦、范仲淹、富弼、歐陽修這樣的賢臣，能有力量和他對抗嗎？所以扶乩請仙這種方術，士大夫偶然玩玩，用來唱和詩詞、當作看戲那樣是可以的；如果眞靠它來卜問吉凶，君子之人就要提防被突然中傷呀！

【**藍道行**】明世宗時術士。世宗曾問道行，現在國家為什麼不興盛，道行乘機假藉乩語揭發嚴嵩的罪行。正逢御史鄒應龍也上疏揭露嚴嵩，終於使奸臣嚴嵩被治罪。

【**楊繼盛、沈練諸公**】楊繼盛、沈練等人都曾上疏揭發嚴嵩的罪惡，但都無效，反被嚴嵩所害。

【内容評論】

扶乩請神本是愚弄群衆的迷信行爲，但在清代，這種風氣十分流行，甚至軍國大事也有用扶乩方法來決定的，豈非兒戲！本篇故事指出，扶乩可能被用以掩蓋犯罪，也可能被用來陷害好人，爲害甚大。文末，作者認爲只能把扶乩當作遊戲玩玩，不可用以預卜吉凶禍福，雖未能徹底否定這種迷信行爲，但在當時已屬難能可貴的見解了。

唐打獵

我的族兄紀中涵在做**旌德縣**知縣時，縣城附近出現老虎爲害，傷了幾個獵戶，也沒能捕到牠。該縣的人請求道：「不聘請徽州的唐打獵，是不能除掉這虎患的。」（**休寧**人戴東原說：「明代有一位姓唐的人，剛剛新婚便被老虎咬死。唐的妻子後來生下一個兒子，她叮囑兒子道：『你若不會捕殺老虎，就不是我的兒子；後世子孫如果不會捕殺老虎，也就不是我的子孫。』所以唐氏世世代代都擅長捕虎。」）紀中涵於是派一位小官員帶著錢去徽州。小官員回來報告說唐氏選派了技藝最精的兩個人，已上路，即將到達。兩人一到，卻一個是老頭子，鬚髮都白了，不時咯咯的咳嗽著。一個是少年，年紀只有十六七歲罷了。中涵大失所望，姑且叫人爲他們準備飲食。老頭子覺察到中涵有不滿的意思，便半跪稟告道：「聽說這隻老虎離縣城不到五里路，我先去捕殺牠，回來再吃飯也不晚。」中涵便叫差役帶他們前往。差役走到山谷口，

【旌德縣】今屬安徽。旌，音精。
【休寧】縣名，今屬安徽。

【下縋】往下懸吊著。縋，音墜。
【舍人】清代內閣中的官員。
【勵文恪】清代大臣勵杜訥，字近公，靜海人，死後諡文恪。恪，音客。

便不敢再往前走了。老頭子笑他道：「有我在這裡，你還怕嗎？」進到山谷的一半，老頭子回頭對少年說：「這畜生好像還在睡覺，你把牠叫醒吧！」那少年發出虎嘯的聲音，老虎果然從樹林中出來，徑直向老頭子撲去。老頭子手拿一把短柄斧，斧長八九寸，寬為長度的一半。他振臂舉斧，屹立不動。虎撲了上來，老頭子把頭一偏讓開，老虎從他頭頂躍過，已經淌著血倒在地上。仔細察看，那虎從額下到尾椎骨都迎著斧刃裂開了。中涵於是厚贈財物送他們回去。老頭子說自己曾練臂力十年，練眼力十年。他的眼睛用毛帚去掃也不會眨一下；他的臂膀讓壯漢攀著，懸身**下縋**也不會動一動。《莊子》說過：「苦苦練習，達到熟練，可以克服各種神奇的困難，技巧不過是從苦練中得來的。」這話是可信的呀！我曾見史嗣彪**舍人**在黑暗中執筆書寫條幅，和點起蠟燭寫的沒有兩樣。又聽說靜海人**勵文恪**公，剪一寸見方的紙一百張，每張上面寫一個字，一張張重疊起來向陽光映視，沒有一筆一畫有絲毫相差。這都是練習純熟罷了，並不是另有什麼出奇的巧妙方法呀！

【內容評論】

這是一個著名的、寓意深刻的故事。旌德縣猛虎爲患，已傷獵戶數人，其暴烈與難以對付可見一斑。可是唐家派來的打虎者，不是魁梧勇健的壯士，而是毫不起眼的老少二人，不免讓人懷疑他們的能力。在打虎過程中，唐老翁表現出自信、從容和超凡的本領，使人從中得到了有益的啓示：一個人的能力高低，絕不能僅憑外表來判斷；而絕技的形成，則要靠「練臂十年，練目十年」那樣的苦練和熟習。

西域異物辨

《桂苑叢談》記載李衛公把方竹杖贈給甘露寺僧人的事，說這種竹出產在大宛國，它質地堅質而外形正方，竹節眼和竹鬚都是從四面相對生出等等。按方竹現在福建、廣東都很多，算不得奇異物產。大宛就是現在的哈薩克，已隸屬於我國版圖之內，那地方從來不出產竹子，哪有所謂方竹呢！另外，《古今注》記載烏孫地方出產有青田核，大得像六升容量的瓠，把它挖空了盛上水，不一會兒就成了酒。按烏孫即現在的伊犁地區，我問過額魯特的人，都說沒有這種青田核。另外，《杜陽雜編》記載元載在私人住宅裡建造芸暉堂。芸香是一種草的名字，出產在于闐國，它潔白如玉，埋入泥土裡也不會腐爛，把它搗成粉末，用來塗抹牆壁，所以叫做「芸暉」。于闐就是現在的和田地區，也未聽說過有這種東西。只是西域有種叫做瑪努的草，草根似蒼朮，番僧把它燃著來供在佛像前，十分珍貴；但是它色澤並不潔白，也不能用來

【桂苑叢談】傳為五代時嚴子休所作。
【李衛公】唐高祖李淵部下大將李靖，曾封衛國公。
【古今注】晉代崔豹所作。
【額魯特】西部蒙古族各部的統稱，分佈於青海、蒙古一帶。
【杜陽雜編】唐代蘇鶚所作。　【元載】唐代宗時宰相。
【于闐國】古代于闐國在今新疆和田一帶。

【瑪努】據劉兆雲《閱微草堂筆記選注》第150頁注：「瑪努，可能是外來語譯音。新疆南疆在宗教祭神儀式上燒的是一種小灌木，俗稱香木。似草而非草，很香，但不叫瑪努。」
【蒼朮】中藥名。
【小說】古代凡是叢雜的著作都稱為小說，本篇中的《桂苑叢談》等幾種，都是這種類型的著作。

塗刷牆壁。上面提到的這些，都不過是**小說**雜記這類書的附會之詞罷了。

【內容評論】

古代中原地區，通過絲綢之路與西域交流頻繁。西域的一些珍奇特產，從此傳入中原，引起中原人民的新奇和興趣。同時，有些實非西域出產的奇特物產，又被習慣地附會為來自西域。雜考和辨正，本是筆記的傳統內容之一，《閱微草堂筆記》中這類篇章不少，大都言之有物，態度客觀，具有一定的參考價值。

侍郎夫人

某**侍郎**的夫人死了，蓋了棺蓋以後，正在擺開祭品祭奠，忽然有一隻白鴿飛入幃帳，人們尋視卻不見了。正當慌亂間，有煙火從棺材裡湧出，一排排房屋，不一會兒工夫便被燒毀了。聽說夫人在世時，對下人管得很嚴。凡是買女奴，簽了契約入門後，必拉她直挺挺地跪著，先告誡幾百句話，稱爲教導；教導之後，便剝去女奴的衣服，反綁雙手，打一百鞭，叫做試刑。有的女奴輾轉躲閃，有的女奴呼喊號叫，那就鞭打得更厲害。打到那女奴不吭聲不動彈，鞭子像打在木頭、石頭上那樣格格作響，才叫做知道畏懼，然後才使喚她做事情。**安州**人陳**宗伯**的夫人，是我母親的姊妹，曾到過侍郎的家，常說他家的老少男女僕人，排成行列或前進後退，都有規矩，就算是大將訓練士兵，也沒有那麼整齊哩！

另外，我曾到過一位親戚家，這位親戚是我的長輩。入到他的內室，見門的左右

【侍郎】清代各部長官，正職為尚書，副職為侍郎。
【安州】今河北安新。
【宗伯】禮部尚書的別稱。

各掛著一條鞭子，鞭穗上都留有血跡，鞭柄都光亮得能照見人。聽說那親戚每到要睡的時候，就將婢女們逐一捆在凳子上，然後蒙上被子，為的是防她們私逃或自殺。後來那親戚死時，兩條大腿長了**癰疽**，潰爛到露出骨頭，就像是被鞭打過的傷痕一樣。

【内容評論】

民國以前，婢女沒有人身自由，更沒有人格可言。有些主人苛待婢女，對她們凌辱花樣之多，虐待手段之狠，不讀本篇，難以想像。若配合《復仇》一篇同讀，便知奴婢報仇，正是理所當然的事了。

【**癰疽**】音庸居，毒瘡，多由於血液運行不良，毒質淤積而生。大而淺的為癰，深的為疽，多長在脖子、背部或臀部等地方。

太湖漁女

吳惠叔講了這麼一件事：太湖有戶漁民嫁女，船行到湖中心，突然風生浪起，舵手張皇失措，船已傾倒，快要沉沒了。船上衆人相抱而哭，突然新娘子衝開門簾出來，一手掌舵，一手拽著篷索，駕船迎著逆風側帆飛駛，直達夫婿家。這時，擇定的吉時還未超過。洞庭東西山一帶的人傳爲奇事。有些人譏笑這是超越禮法的行爲，惠叔說：「她本是漁戶的女兒，每天都在船頭撐篙掌櫓，不能要求她必須像**宋伯姬**那樣呀！」

又聽說我家鄉河間府有個焦氏人家的女兒，記不起是哪個縣的人，已受了聘禮了。有一個圖謀娶她爲妾的人，散佈流言蜚語中傷她，以致夫婿家想解除婚約。焦女的父親向官府控告，但是那搞陰謀的人設下的陷阱已深，不只證人確鑿，而且有自認是她情人的人。焦女見事情危急，竟然請鄰居老太太帶她到未婚夫家，登堂拜見婆婆

【宋伯姬】《左傳》襄公三十年記載：宋國大火，宋伯姬嚴守婦女夜間無伴不出室的禮法，拒絕別人的勸說，不肯出屋，終被燒死。

說：「姑娘不比已婚婦女，貞節不貞節是有明顯證據的。我與其獻醜於**官媒**，不如獻醜於婆婆面前了。」於是她關起門窗，脫掉衣服，請婆婆檢驗。一場官司立刻消解了。她比駛船的新娘子更加超越禮法，但是在危急存亡的關頭，有不能不這樣做的道理。**講學家**動不動以死節來要求別人，這可不是通達的議論呀！

【內容評論】

這則筆記讚揚一名漁戶女兒他的勇敢堅毅、敢於衝破傳統禮法的精神，同時抨擊了道學家宣揚的寧死也不能違背禮教的害人說法。

【官媒】官衙中的女役，女性罪犯的發堂、擇配偶、看管、解送等工作，均由官媒執行。

【講學家】指講求道學、竭力宣傳傳統禮教的人。道學是宋儒的哲學思想，以繼承孔孟道統，宣揚性命義理之學為主。

驅霧法

我家鄉出產棗子，向北用車運去供應京師，向南搭載運糧船以行銷於各省，本地人多以種棗爲固定職業。棗子未熟時，最怕霧，被露水沾濕了的棗子便乾癟而皺，只剩得皮和核了。每逢霧剛起時，人們有時於上風處堆起柴草焚燒，煙濃而霧散；有時排列鳥槍對霧迎擊，霧消散得更快。這大概是由於陽氣旺盛就使陰氣消散了。凡妖物都是怕火器的。

史松濤前輩說：「山西、陝西之間每逢山中黃雲猛然昇起，就有大風和冰雹爲害莊稼。用大炮對之迎擊，有時會掉下車輪般大的蝦蟆來。我擔任福建**提督學政**官職時，**山魈**有時夜裡在屋瓦上行走，格格作響。但遇到**轅門**鳴炮，它就倉皇奔逃，不一會便寂然無聲了。」鬼也怕火器的。我在烏魯木齊時，曾經用槍射擊惡鬼，鬼被擊後不能再聚合成形。大概妖邪和鬼怪也都屬於陰氣一類吧！

【**提督學政**】清代管理一省教育的官員。
【**山魈**】傳說中的山中怪物。魈，音消。
【**轅門**】古代帝王出巡、畋獵，止宿在野外，仰起兩車，使車轅相向交接，成一半圓形的門，叫轅門。後以指將帥的營門及總督巡撫等官署的外門。

【内容評論】

低溫霜凍天氣，霧氣能凍壞作物。本篇記述的以煙薰和槍擊散霧升溫的辦法，今天仍被使用著，只不過槍擊已發展爲使用土火箭了。我們祖先在爲生存而奮鬥中所累積的智慧和經驗，是值得後人自豪的。

狼性

滄州一帶海邊有個煮製食鹽的地方，南北伸延幾百里，都是鹽鹼地，不能耕種，荒草連天，和塞外景象差不多，所以狼多在這地方打洞居住。捕狼的播人在地下掘陷阱，深有幾尺，闊三四尺，用木板蓋在上面，木板中間鑿個缽盂大的圓孔，整塊木板有點像枷的形狀。捕狼人帶著小狗或小豬，蹲到陷阱裡面，打小狗或小豬，使牠嗥叫。狼聽見叫聲跑來，必然用前爪伸入孔中抓牠們，捕狼人即緊握住狼爪站起來，扛在肩上回家。狼隔著一塊木板，無法施展牠那鋒利的爪牙。但是，有時遇到成群的狼行動，這時牠們也能搏鬥咬人的。所以狼一見人便用嘴巴抵著地吼叫，衆狼聞聲齊集，有如聽到號令一樣，這也很成爲旅客在道途中的禍患。

有個富人偶然得到兩隻小狼，把牠和家犬放在一起飼養，牠也和犬相安無事。小狼稍長大些時，也很溫馴，富人竟忘了這是狼了。一天，主人在廳裡午睡，聽到群犬

【滄州】今河北滄縣，自古為盛產食鹽的重要地區。

發出嗚嗚的怒聲。他驚醒起身，環顧各處，一個人也沒有。他再躺下來，快要入睡時，犬吠聲又像剛才那樣。於是他裝做睡著，等候看有什麼事發生。那兩隻狼想乘他不防備，準備要咬他的喉嚨，群狗正在阻止狼，不讓牠們近前。於是他便將狼殺了，剝取了狼皮。這事是堂姪虞惇講的。「**狼子野心**」這句話，的確不假呀！但野心不過是不服馴養要逃跑罷了，像這樣表面上與人親熱，而暗中心懷難測的詭計，就更不限於是野心了。野獸不值得說牠了，但這富人何必要自招這種禍患呢！

【內容評論】

這是兩個關於狼的故事。前者描述了捕狼的方法和過程，十分生動有趣，反映古人對付獸患的高度智慧。後者則藉養狼貽患一事以諷世，暗示世間也有和狼患那樣「陽爲親昵，陰懷不測」的人，提醒人們不要被他們親熱的外表所蒙蔽，忘掉其害人的本性。

【狼子野心】《左傳》宣公四年：「諺曰：狼子野心。是乃狼也。豈可畜？」意思是豺狼之子，豈可馴養。

《姑妄聽之》卷

西藏異人

流放到烏魯木齊的犯人剛朝榮講了這樣一件事：有兩個人到西藏做生意，他們各騎一騾，在山中行進時迷了路，分不清東南西北方向。忽然有十多人從懸崖上躍下，他們懷疑是夾壩（西番稱劫賊爲夾壩，猶如額魯特人稱劫賊爲瑪哈沁）。那些人漸漸走近，只見他們身高都有七八尺，身上長著長長的毛，毛色或黃或綠，面目似人非人，講話像鳥叫那樣聽不明白。兩人知道這是妖怪，自忖必死無疑，都嚇得伏在地上發抖。這十多人於是相互看看笑笑，並沒有要打人、吃人的樣子，只是把他們兩人挾在脅下，驅趕著騾子往前走。到了一處山坳，他們把人放在地上，將一匹騾子推下山巖，另一匹，則抽出刀來宰了割肉，吹起火來把肉燒熟，圍在一起吞食。同時，還把兩人提過來就座，各人面前分別放上肉。兩人觀察這些怪物似無惡意，同時又餓又累，也只好吃了。吃飽之後，那十多人都摸著肚子，仰頭發出嘯聲，聲音好像馬嘶。

其中兩人仍然各挾著一人，飛越峻峭山嶺三四座，快捷得像猿猴和飛鳥。把兩人送到大路旁，給了每人一塊石頭，一眨眼就走了。那石頭有瓜那麼大，都是**綠松石**。他們帶回去賣了，所得的售價比丟掉的東西的價值多一倍。

這事發生在乾隆三十年和三十一年之間。剛朝榮曾見過其中一人，講得很詳盡。這些怪物不知道是山精還是木魅，看他們的行為，似乎不是妖怪。大概是深遠偏僻的山谷中，本來就有這麼一種野人，自古以來從未和世人往來過罷了。

【內容評論】

現在世界上正掀起尋找「野人」熱。本篇的記述說明了，幾百年前，就已有人在西藏接觸過「野人」。這裡有關於他們身體特點、生活習性、行動特色的詳細描述，是一份可貴的野史資料。

【綠松石】可鑲器物做裝飾品的一種石頭。

李生恨事

李白詩：「徘徊映歌扇，似月雲中見；相見不相親，不如不相見。」這是爲與歌伎交往的人寫的。人家夫婦有長期分離阻隔，可又天天見面的，那就不知道是什麼因果報應造成的了。

郭石洲講了這樣一件事：河南有個姓李的書生，娶親十多天，母親就病倒了。夫婦倆輪番守候侍奉，七八個月來衣不解帶；母親死後，李生謹守禮法，三年不到臥室和妻子同房。後來，他們變得十分貧困，李生便同妻子一起投靠到岳父家。岳父家也僅僅能過溫飽日子，房子不多，便打掃了一間居室留他們住下。不到一個月，岳母的弟弟要到遠地當教師，把母親送來依靠姊姊。岳父家已經沒有空房讓她住了，於是只好讓她和女兒同住一室，而李生則另設床鋪在書房睡，夫婦倆僅早晚同桌吃飯時在一起罷了。

過了兩年，李生進京謀進取，岳父也帶了全家到江西去做幕僚。後來李生接到信，說是妻子已經死了。他心情懊喪，更加潦倒，無法維持生活，於是搭船南下找岳父，而岳父這時已換了主人，隨新主人到別處去了。李生沒了依靠，便暫且賣字維持生活。一天，在市上遇到一位身材雄偉的男子，那男子拿起他寫的字看了看道：「先生的書法十分好，能不能以一年三四十兩銀子的待遇，為人家做文書工作呢？」李生喜出望外，即與那人一同上船。路上煙靄水波，浩蕩渺茫，也不知到了什麼地方。到那人家裡，看見一切陳設佈置都很華麗。及至看到他所委託的書信，才知道這人原來是個**綠林豪客**。李生無可奈何，也只好在此暫且棲身。但李生怕有後患，因此假造了籍貫和姓名。

主人性愛奢侈，歌伎排滿座前，也不大迴避客人。每逢演奏歌樂，必叫李生觀賞。李生偶見主人的一個姬妾，極像自己的妻子，懷疑她是鬼。那姬妾也常常注視李生，好像曾經認識。但彼此都不敢交談一句。原來當初李生的岳父坐船沿江行駛，剛巧被這強盜所劫，強盜見李生妻子貌美，便一同劫了去。岳父認為這是很大的恥辱，

【綠林豪客】對強盜的雅稱。

急忙買了一口薄板棺材，詐稱女兒遇劫時受傷而死，假作哭喪殯殮，載著棺材回家。李生妻子因怕死已委身做了強盜的妾了，所以夫婦倆在這裡相遇。但李生相信妻子已死，妻子又不知李生改換了姓名，猜測只是容貌相似，所以兩人都錯過了相認的機會。他倆大約三五天必能見一次，見慣了也就不再互相注視了。

這樣過了六七年。一天，主人把李生叫去，說道：「我已事跡敗露，先生是文士，不必和我一起蒙受這災難。這裡有黃金五十兩，你可以帶上它，藏在某處蘆葦叢裡。等官兵退了，趕快找條漁船回家。這裡的人都認識你，不用擔心他們不相送。」說罷，揮手叫李生趕快藏匿起來。不久，李生聽到喧鬧的格鬥聲，隨後聽見有人大聲說道：「強盜已全隊駕船揚帆走了，暫且登記他們的財物和婦女。」這時已是黃昏，李生從火光中窺見一班歌伎都披頭散髮、衣衫不整地露出身體，反綁雙手和栓住脖子，被人用鞭子棍棒趕著走，那個姬妾也在裡邊，她驚懼發抖，讓人見了心裡十分同情。第二天，島上已經沒有一個人了，李生癡癡地站在水邊。過了很久，忽然有個人划著小船喊道：「你是某先生嗎？大王依然平安無事，現在且送先生回家。」船走了一天一夜到岸。李生怕遭到查訪，便帶著金子回到北方。到家後，岳父已先回來了。李生仍住在他家，將所帶的黃金賣掉，家境漸漸富裕了。他想到過去夫婦十分相愛，但是**結褵**十年，同房共宿的日子算起來也不夠一個月；現在財富稍多，不忍心還是用薄棺木葬妻子，便打算換一副好棺木，不但是想見見她的遺骨，也是基於往日的情義。岳父極力阻止無效，無話可說了，只得吐露實情。李生於是日夜兼程趕往南昌，希望能和妻子**破鏡重圓**。到了南昌後，才知道所俘的歌伎早已分別賞賜給別人，也不知她流落到什麼地方去了。

李生每逢回憶起這六七年裡的事，和妻子近在咫尺卻猶如相隔千里，便悵惘若失。他又回憶起妻子被俘時，受捆綁鞭打的情形，不知她後來遭到怎樣的摧殘，因而常常心傷腸斷。李生從此不再娶妻，聽說後來竟做了和尚。

戈芥舟前輩說：「這事簡直可寫成傳奇故事，可惜沒有結尾，和**《桃花扇》**劇本相同。雖說是『**曲終不見，江上峰青**』，含情悠遠，恰在那煙靄水波不盡之處，但終究不免令人增添惆悵罷了。」

【**結褵**】褵是古代女子出嫁時所用的佩巾。結褵（音黎），代指結婚。

【**破鏡重圓**】孟棨《本事詩》記載，南朝陳將亡時，駙馬徐德言預料妻子樂昌公主將被搶走，於是將一枚銅鏡打破，與妻子各執一半，約定作為他日重見時的憑證。陳亡之後，樂昌公主被隋朝人楊素佔有。後來徐德言到了京城，遇人賣鏡，拿來與自己收藏的另一半相合，感而題詩。公主見詩悲泣。楊素知道以後，就讓公主與德言團圓。後世便以破鏡重圓比喻夫妻失散或離婚後又團聚。
【**桃花扇**】傳奇劇本，清代孔尚任作。劇中的男女主人公被安排以入山修道作結，以後的事就不記載了。所以這裡說它「沒有結尾」。
【「**曲終**」**二句**】「曲終人不見，江上數峰青」，是唐代詩人錢起《湘靈鼓瑟》詩中的句子。

【內容評論】

這是一篇情節起伏跌宕、曲折離奇的故事。作者以簡淡精練的文字，把故事敘述得相當清晰，層次分明。《閱微草堂筆記》中多是沒有故事情節的短篇，只有這篇以情節勝出。

講學者的假面

董曲江前輩講了這樣一件事：有位教書先生，性情乖僻，喜歡用苛刻的禮法來約束學生。學生們對此很反感。但這人素有正直不苟的名聲，人們無法指責他做得不對。書塾後面有個小花圃，一夜，教書先生在月下散步，見花間隱隱約約有人影。這時久雨初晴，土牆微有塌缺，他懷疑是鄰居來偷蔬菜的。近前去查問，卻是一美貌女子藏身樹後，她跪下答道：「我是孤女，懼怕先生是正人君子，不敢接近，所以才夜裡來摘花。不料被先生發現，請多多原諒。」言詞溫柔婉轉，左顧右盼之時，流露出千嬌百媚。教書先生被她迷住了，用話挑逗她，她宛轉相就。並且說自己能夠隱身，往來都沒有蹤跡，即使有人在旁邊也看不見，不會被學生們知道的。於是二人便親熱了起來。到天將亮時，教書先生催她走，她說道：「外面有人聲，但我自會從窗縫中出去，先生不必擔心。」不久，早晨的太陽照滿窗戶，學生們成群來到，那女人仍然垂下帳子仰臥。教書先生心神不安，但還希望人們看不見。忽然外邊傳話說某老太太來接女兒。那女人披上衣衫徑直出來，坐在講席上，梳理完頭髮後，同教書先生行禮告辭說：「沒有帶上梳妝的用具，現在且先回去梳洗，等空暇時再來拜訪，索取昨夜的報酬好了。」原來他是鄉中新來的**角妓**，是學生們出錢買通她這樣做的。教書先生十分沮喪。學生們上完課回家吃早飯時，教書先生已經自行揹上行李溜走了。凡是外表過分裝模作樣的人，必定內裡有所欠缺，的確是這樣的啊！

【角妓】善歌舞、能演劇的妓女。

【內容評論】

講學者即指一位教書先生，他有著正直不苟的名聲，在行動上又時時用禮法來管束學生，道貌岸然。不料骨子裡卻完全相反。「外有餘必中不足」，是很恰當的評價。

復仇

周景垣前輩講了這樣一件事：有個大官的家眷，乘了幾條船到任所去。晚上，船停泊在大江中。不久，一艘大船前來同泊在一起，船艙門掛著燈籠，桅桿上飄著旗幟，看樣子也是一條官船。太陽將落時，艙中二十多人一齊露出兵器，跳上官眷的船，把婦女盡數趕出艙外。有個豔妝女子隔著船窗指著個少婦說：「這人就是了。」群盜應聲把少婦拖走。其中一個賊大叫道：「我就是你家某婢女的父親。你的女兒殘酷地虐待我女，毫無人性地對她鞭打、**炮烙**。幸虧她逃出來遇到我，你要追捕而沒能抓到她。我們父女銜冤入骨，今天特來報仇雪恨。」說完，張滿船帆順流而去，不一會兒便連影兒也不見了。官家到處緝拿，毫無蹤跡，那少婦的結局如何竟無法知道，但那情形的不妙是可想而知的了。按理說，父親貧困到要賣女兒，哪還能有什麼作為？卻沒想到他能做強盜呀！婢女受到慘毒折磨，哪還能夠報復，卻不料他的父親能

【炮烙】古代一種酷刑，用燒紅的金屬炙燙人體。

做強盜呀！這正如人們所說的**蜂蠆有毒**啊！

另外，李受公講了這樣一件事：有個對待婢女非常殘忍的人，偶然因一點小過失便把婢女禁閉在空房內，讓她凍餓致死，但沒有一點傷痕。婢女的父親向官府控告，沒有得到公正判決，反而挨了鞭打。他冤憤難消，便在夜裡翻牆進入那人家，將她們母女一起親手殺掉。官府發出公文通緝多年，最終還是被他逃走了。如此不做強盜也能報仇啊。

李受公又講起另一件事：京城裡某戶人家失火，主人夫婦和子女都燒死了，這也是婢女們出於怨恨做出來的。因爲事情沒有明顯的證據，也就無從追究了。如此一來，不必有父親的幫助也能夠自己報仇了。

我有家親戚，他鞭打婢女和侍妾，就像兒童嬉戲玩耍似的，有時候還打死人。一夜，有車輪般大的一團黑氣，從屋簷上墜下，它旋轉得像風一樣，發出啾啾的響聲，直入裡屋便不見了。第二天，這位親戚脖子上長了粟粒樣的毒瘡，毒瘡漸漸地向四周潰爛，最後脖子爛斷，像被刀斬過一樣。如此這般，人所不能報的仇，鬼也能報了。

【蜂蠆有毒】蠆（音ㄔㄞˋ）是蝎子一類的毒蟲，意謂物雖小，而能為害於人。

其實，誰不像自己一樣疼愛孩子？剛強的人銜冤忍痛，鬱結在心中無處申訴，一旦它衝破堤壩氾濫起來，就必然會做出尋釁復仇那樣的事。而有些軟弱的人，橫遭殘害，含恨於**黃泉**之下，他的哀痛感動了**三靈**，又怎會沒有天理的報應！害人者不遭到人們的報復，就必定會受到上天的懲罰，這也是合乎情理的呀！

【內容評論】

古時候婢女、僕役遭受官紳殘酷迫害時有所聞，他們既不能指望得到法律的保護，有冤難訴。性格激烈的就會採用非常手段報仇雪恨。作者告誡那些做盡壞事的惡人：逃得過人禍，也逃不過天刑。雖陷於迷信，但復仇的行動卻是值得給予肯定的。

【黃泉】人死後埋葬的墓穴。亦指陰間。
【三靈】指天、地、人。

遊僧賣藥

河間縣有個遊方僧人，在市上賣藥。他把一尊銅佛像放在桌上，而用盤子盛著藥丸。銅佛作伸手取物之狀。遇有買藥的人，遊僧先讓他向佛像祈禱，然後捧著盤子向佛像遞過去。如果病是可以治的，那麼藥丸便跳進佛像手中；如果病是難以治好的，那麼藥丸便不跳過去。全縣的人都相信那遊僧的法力。後來有人在這遊僧所住的寺廟內，見他關起門來搗製鐵粉，於是才醒悟他那盤子裡的藥丸，必定有一半是含有鐵粉的，一半是不含鐵粉的；那佛像的手必定是用磁石做成，而包金箔在外面。檢驗那佛像和藥丸，果然是這樣，這才揭穿了那遊僧的伎倆。

那時剛好有個講求道學的人，暗地裡替人寫打官司的訴狀，被人揭發。他被傳喚到官府時，昂昂然全不在意，滔滔不絕地爲自己辯護。官府取他所批寫的《性理大全》這本書核對筆跡，發現筆跡都與訴狀相符，他才叩頭認罪。太守徐公，名叫景曾，是

【性理大全】明代胡廣編，收錄宋代哲學家的論說。

位博通古今、學識淵博的儒者，聽了這事笑道：「我平生信佛不信僧人，信聖賢不信道學家。現在看來，我的見解是明白透徹而沒有錯的。」

【內容評論】

遊僧賣藥的方法似乎很神妙，揭穿之後，不過是那麼一回事。至於道學家天天講求正心誠意之學，但卻言行不符。紀昀十分反對道學家的空談和虛僞，所以《閱微草堂筆記》中常常有這類諷刺他們的故事。

京師騙術

人情的奸猾狡詐，沒有比京師更誇張的了。我曾買羅小華製作的墨十六錠，裝墨的漆匣子顏色黯淡破舊，眞像是先代遺留下來的物件。試用那墨錠，卻是用泥捏成而染上黑色，那上面的白霜，也是埋置於濕地下所生成的。又丁卯年參加鄉試，我在小寓所買蠟燭，點火不燃，原來是用泥做成而外面罩上羊脂。又有人在燈光下叫賣爐鴨的，我堂兄萬周買了回來。原來是賣家將鴨肉全取下吃了，保全下全副鴨骨架子，在它內部塗上泥巴，外面糊上紙，染成燒烤的顏色，再塗上油，只有兩隻鴨掌和頭頸是眞的。還有一件事是僕人趙平用二十文錢買了雙皮靴，自己十分高興。一天驟然下雨，他穿了靴子出門，卻打著赤腳回家。原來那靴筒子是用烏油高麗紙揉成縐紋，靴底則用漿糊黏上破棉絮，在邊緣上蒙上布做成的。其他僞冒的方法大多和這些相同，但還只是僞造些小東西。

【羅小華】明代製墨家羅小華，名龍紋，所造的墨中摻有金、玉、珍珠等，以示貴重。

【黎丘之鬼】《呂氏春秋・疑似》記載的寓言：黎丘地方一老人，醉酒回家。路上，被偽裝其子的鬼所騙；後來老人帶劍出門，醉歸，其子來迎接，老人以為又是鬼變的，於是誤殺了兒子。

有位候選官員見對門的少婦很端莊秀麗，向她一打聽，原來她丈夫在外地做幕僚，把家庭寄居於京師，她和母親同住。過了幾個月，少婦家忽然用白紙糊門，全家哭喊，原來是她丈夫的訃告送到了。她們設立靈位祭奠，請和尚念經超渡亡魂，也有很多人前來悼祭。不久她們就漸漸變賣衣物，說是沒法塡飽肚子，並且在商量著少婦改嫁的事。候選官員於是入贅到她家。又過了幾個月，她的丈夫突然活著回家，這才知道是誤傳了凶訊。她的丈夫十分憤怒，準備告官。在母女的苦苦哀求下，丈夫將候選官員的箱囊行李全部留下，把人驅逐出門。過了半年，候選官員在巡城御史處，看見那少婦在受審。原來先回家的那人是少婦的情人，兩人合謀奪走候選官員的財物，後來因爲她的丈夫眞的歸來事情才敗露。**黎丘之鬼**的伎倆，眞是愈出愈奇了！

又四城有一住宅，約有四五十間房子，每月租金二十多兩。有個人住了半年多，時常提前交納租金，因此主人沒有過問。一天，租客忽然關門走了，沒有告知主人。主人前往看視，只見宅內瓦礫縱橫，連一根柱子都沒有了，只有一前一後臨街的屋子僅存。原來這所住宅前後有門，租客在後門開設一間賣木料的店鋪，販賣建築木材，而暗中拆掉宅內的樑、柱、門窗，摻雜其中出賣。前門和後門分別在不同的巷子裡，所以人們無法覺察。層層相連的樑和柱，被搬走而不露痕跡，更是神乎其技了。但這五六件事，或是因爲價錢便宜，或是貪圖方便，因貪心而上釣的，其過錯也不盡在別人。

錢文敏公說：「同京師的人打交道，能夠謹慎自守，不墮入陷阱已是萬幸的了；如果稍有便宜，其中必定暗藏奸詐。老奸巨猾的人，手段千奇百怪，哪有便宜落到我們身上。」這話的確不錯。

【內容評論】

作爲京城，它的居民來自四面八方，良莠不齊，自是客觀存在的事實。本篇詳述種種作僞方法，反映了當時的社會現實和風氣。

盜女破盜

馬德重講了這樣一件事：在滄州城南，有強盜搶劫一戶有錢人家，已破門入內，主人夫婦都被抓住，家中衆人都不敢**詰問**。富人有個侍妾住在東廂房，她改換了服裝，逃到廚房裡，偷偷對廚房婢女說：「現在主人在強盜手裡，因此，我們不敢和他們搏鬥。他們一夥在屋脊上都佈置了人，以防救兵，但他們看不到屋簷以下的地方。你弄開後窗沿著屋簷出去，祕密通知所有僕人，讓他們各人乘馬拿著器械，到三五里外的地方埋伏。強盜四更後必定出去，因爲四更不走，天亮時就不能返回賊窩了。他們出去時，必定挾持主人相送，如果沒人阻攔，走出一兩里後他們必定釋放主人，不釋放就會擔心人家看到他們的去向。等他們釋放主人時，你們迅速將主人揹回來，其餘的人依次跟在強盜後面，距離務必保持在半里之內。他們如果回身搏鬥，你們就往回跑，他們停下你們也停下，他們走你們就跟著走。他們再回身打鬥，你們仍舊往回

【詰問】盤問、質問。
【泫然】傷心流淚的樣子。泫，音炫。

跑，他們再停下你們也再停下，再走你們也跟著走。這樣重複幾次，等到他們不回身打你們了，就跟著他們直至找到賊窩。他們回身打鬥既打鬥不成，想跑又跑不掉，到天明，就沒有一個人能逃脫了。」婢女冒著生命危險出去告訴每個僕人。僕人們認爲這個辦法合理，照著去做，強盜果然都被抓到了。事後主人重賞了那廚房婢女。

那侍妾和富人的正房妻子原本不太和睦，也因爲這件事和好了。後來，富人問侍妾爲什麼懂得捉賊的辦法。侍妾**泫然**泣訴：「我本是賊首某甲的女兒。父親在世時，曾講過打劫時最怕的只有這種對付辦法，但未曾見有人用過。現在事情危急，我姑且試用，竟能僥倖應驗。」所以說，指揮軍事的人務必要瞭解敵情。此外，要用賊的辦法來對付賊。

【內容評論】

強盜頭子的女兒能夠擊敗來行劫的強盜，是因爲她熟悉他們的作案手法和行動規律，因而整個破盜行動的佈置，周密妥當，進退適宜，尤其顯出她的指揮才能。

俠妓

張墨谷太守講了這樣一件事：**德州、景州**之間有個當戶，總是積聚糧食而不積蓄金銀，爲的是防搶劫。康熙、雍正年間，一連幾年收成不好，米價高漲。但富戶緊閉糧倉，一**升**一**合**都不賣，希望糧價再增高。當地人怨恨他這做法，但又奈何他不得。有一位叫做玉面狐的角妓對大家說：「這事好對付，你們只管備好錢等著就行了。」於是她親自到富戶家去，對富翁說：「我是**鴇母**的搖錢樹，鴇母反而虐待我。昨天我和她吵起來，她跟我約定拿出一千兩銀子就能自行贖身出去。我也厭倦了煙花生涯，願得到一位忠厚長者來託付終身，於是想到沒有誰比老爺你更合適的了。你能捨棄一千兩銀子，那麼我就終身侍奉你。聽說老爺不喜歡積蓄銀兩，那麼只要二千**貫**錢也足抵那個數了。昨天有個木材商人聽到這事，已返回天津去取錢。預計他回來的時間，要在半個月以後。我不願意跟隨那個庸俗傢伙。如果老爺能在十天內先把這事定下

【**德州、景州**】德州在今山東德州，景州在今河北景縣。
【**升、合**】容量單位，十合為一升。
【**鴇母**】妓女的養母。鴇，音寶。
【**貫**】舊時貨幣單位，一貫為銅錢一千文。

來，那麼我就接受你的大恩德了。」姓張的富翁早就迷上這個妓女，聽後又驚又喜，趕忙拿出糧食賤賣。糧倉已經打開，買糧的人一齊聚集起來，糧倉不能再關閉，存糧於是被買一空，市上糧價大平。當存糧賣盡那天，妓女派人向富戶道歉說：「鴇母養育我多年，只是一時賭氣相罵，才有要我自行贖身的約定。現在她後悔而挽留我，從道理上說我不可以負心。託付終身的話且待日後再說吧。」這本是富戶和妓女私下約定的事，沒有媒人，沒有旁證，又沒有下過一文錢的聘禮，富戶最後拿她沒有辦法。

這件事李露園也曾談過，應當不會假的。聽說這個妓女才十六七歲，竟然能辦到這樣的事，也算得是女俠了！

【內容評論】

饑荒發生的時候，富人有錢有糧，卻不顧人們死活，想藉機發財；被看作賤民的妓女，卻有一副俠義心腸，要解救苦難的饑民。富者卑污，「賤」者高尚，形成強烈的對比。最後富翁受愚弄，災民得救，實在是大快人心的事。

交河吏

王梅序講了這樣一件事：**交河**縣有個被強盜誣指為同夥的人，他是個鄉下人，老實善良，沒法辨明自己的冤枉，便託人賄賂縣吏救助。縣吏聽說強盜之所以誣陷這鄉下人，是因為私下調戲了他的妻子，以致被他打了一頓。縣吏心想這鄉下人的妻子一定很美，於是推卻賄賂而略微暗示道：「這是祕密的事情，必須他的妻子暗中前來，才可以授予解救的計策。」**居間者**把話轉告了鄉下人。鄉下人怕被處死而欠考慮，叫岳母到監獄裡，偷偷把這樣做的原因告訴她。岳母回去告知他妻子，妻子憤然不肯答應。過了兩三天，縣吏家有人夜裡敲門，縣吏開門一看，卻是個乞丐婦人，布巾包頭，穿著打了很多補丁的衣服，直闖入內。問她她不答話，一邊走一邊脫去破衫和布巾，卻是個衣飾華美的艷婦。縣吏驚問她從哪裡來，婦人兩頰羞紅，低著頭不說話，只從衣袖裡拿出一張紙來。縣吏拿來就著手中的燈觀看，上面只有「某人妻」三個

【交河】今河北交河。
【居間者】為雙方調解說合的人。

字。縣吏大喜過望，把婦人引入臥室，故意問她的來意。婦人抹著眼淚說道：「如果不明白你傳的話，我怎會在夜裡前來？既已來到這裡，就不必問了。只求你不要失信罷了。」縣吏發了個大誓，便與那婦人交歡一番。縣吏偷偷把婦人留了幾天，被她深深地迷惑住，弄得神魂顛倒，惟恐有什麼不稱婦人的心意。幾天後，婦人暫且辭別，並說自己在村裡天天受人欺侮，難以久住下去了。如果在城裡離你家不遠處租幾間屋子住下，便可仰賴你的庇護，免得被無賴凌辱，又可以早晚往來。縣吏聽了益發高興，竟千方百計地為那鄉下人昭雪冤情。

案件平反之後，縣吏見到那鄉下人，鄉下人的神態很冷漠。縣吏以為因自己姦污了他的妻子，他羞於相見。其後，縣吏因事到鄉下去，找到鄉下人的家，婦人亦拒不見面。他知道那婦人想與自己絕交，便十分懷恨。這時剛巧有個利用妓女誘使人賭博的人被告到官府，官判妓女押回原籍。縣吏一看這妓女，就是鄉下人的妻子，便湊過去和她說話。婦人說我苦於被丈夫禁止，以致不能和你相見，自愧辜負了你，我是深深懷念你的。現在幸得相逢，求你念在往時幾天歡情的份上，免了打板子和押解原籍的處罰吧。縣吏又被迷住了，於是報告長官說：「妓女所供的是娘家的籍貫，其實她是本縣鄉民某人的妻子，應追究她的丈夫才是。」實則是企圖慫恿長官判妓女交官府發賣，然後自己把她買去。官派人拘捕鄉下人，鄉下人帶著妻子來到，卻是另一個人。詢問其同村鄰里，都說不假。官問縣吏為什麼誣告鄉民？縣吏無話可答，只說是聽此傳說的。問是誰說的呢？縣吏閉口無言。官傳妓女來問，妓女便說出縣吏起初想用要挾的辦法姦污鄉民妻子，鄉民妻子考慮到依從則失身，不依從則丈夫會死，剛好這妓女新來此地，她於是把簪子、耳環等首飾通通脫下送給妓女，讓她冒名前往，所以和縣吏熟悉。現在正要受杖刑，又恰好與他相遇，因此便說謊冒充鄉下人的妻子，希望能逃過被打板子的刑罰。料不到縣吏又另有圖謀，以致兩人都事跡敗露。官員於是重新審訊鄉下人，果然他是被誣陷的。姑念那計策是出於救死，又是他妻子搞出來的，便將鄉下人釋放，不予追究，而嚴懲縣吏。

若說老奸臣猾，沒有比這官吏更甚的了，卻被村婦控制擺佈，像耍弄嬰孩一樣。大概愚笨的人常常被智者所擊敗，而物極必反，往往在智者的防備之外，有比他更聰明的人突然冒出來戰勝他。**無往不復**，這是上天的法則呀！如果讓聰明人始終不敗，那麼天地間只有聰明人能生存下來，愚蠢者就要絕種了，哪有這樣的道理呢！

【內容評論】

清代地方政權中，幕僚（即俗稱的師爺）、吏胥、家丁這三種人爲患極大。他們熟悉法律，手中有點權力和關係，老練狡猾，善鑽漏洞，於是貪贓枉法，欺壓善良，覆雨翻雲，無惡不作，交河吏便是個典型的例子。鄉民妻子能機智地用計要弄縣吏，解救丈夫，眞是大快人心。

【**無往不復**】《易·泰卦》：「無往不復，天地際也。」意思是：有往必有返，這是天地間自然的法則。

瞽者報仇

盲人劉君瑞講了這樣一件事：有位三十多歲的盲人，常常在**衛河**邊走來走去，遇到泊船靠岸的人，必問道：「裡邊有殷桐這個人嗎？」又必定再加說明道：「是夏殷的殷，梧桐的桐呀。」有和他一起住宿的人，聽到他說夢話，也只是這兩個字。人們問他的姓名，則每隔十來天必定改變一次，但也沒有人去深入盤問原因。這樣過了十多年後，人們大多都認識他，有時碰到他開口想問，便喊道：「這裡沒有殷桐，你去別處找吧！」

一天，有艘運糧船停泊在河岸，盲人像往常那樣去問。有個人挺身上岸道：「是你呀？殷桐就在這裡，你能怎樣？」盲人像猛虎般狂吼起來，撲上去抱住那人的脖子，口咬他的鼻子，弄得鮮血淋漓滿地。衆人上前拆解，卻牢固得解不開，終於兩人一同掉到河裡，隨著流水沉沒了。後來在天妃宮前找到了屍體（海口不接受屍體，凡

【衛河】河名。源出河南輝縣，至天津會合白河入海。

是在河裡找不到的屍，到天妃宮而必定浮出水面），從屍船上發現，殷桐捶擊盲人的左脅，肋骨全都斷了，盲人始終沒有放手；他十隻手指摳著殷桐的肩背，深入肌肉一寸有餘；殷桐兩顴和雙頰的肉，差不多都被他咬光了。一直不知道他是為了什麼仇怨，我懷疑必定是為了父母的冤仇。

以這樣失明的人去偵察有眼睛的人，肯定是找不到的；以衰弱的人去和強橫的人搏鬥，其失敗也是必然的。這比**伍子胥向楚國報仇**還要困難。但這盲人卻十多年來意志堅決不移，竟然找到了仇人並食其肉，難道不是精誠所至，天地神靈也不能違背他的意願嗎？**宋高宗歌舞湖山**，不思報仇，終究是不能以國勢衰弱為自己辯解的。

【**伍子胥向楚國報仇**】春秋時，楚大夫伍奢被楚平王所殺，其子伍子胥逃到吳國，幫助吳國擊敗楚國，掘楚平王墓，鞭屍三百以報仇。

【**宋高宗歌舞湖山**】金兵攻入開封，北宋亡。宋高宗趙構逃至南方，建都臨安，偏安一隅，歌舞享樂，不想去恢復中原失地。

【內容評論】

一位盲人立志報仇，守候十多年，終於達到目的。按理說，盲人要追尋不盲的仇人，幾乎是不可能的；而一個殘廢者去和強橫的人搏鬥，實在難以相敵。但十多年堅志不回，卻化不可能爲可能。作者由此推論宋高宗的偏安半壁，歌舞湖山，實質是不想抵抗恢復，而不應以國勢衰弱作藉口的。以小喻大，深含教益。

四救先生

宋清遠先生講了這樣一件事：從前我在王坦齋先生的學政衙門做幕客時，有一同事談起夢遊地府，在那裡見到官紳幾十人聯串進入，閻羅王責問了許久，他們又聯串走出去了，每個人都帶有慚愧悔恨的神色。我偶然見到其中的一位小官員，似曾相識，但記不起他的姓名了，試向他作揖，他也回禮。我便問道：「這些都是什麼人，爲何表現出這般神態？」那小官員笑道：「先生也在做幕僚，這裡面難道沒有一個老朋友嗎？」我答道：「在下只做過兩次學政的幕僚，沒進過管行政的衙門呀！」那官員道：「這麼說來，你是眞的不知道了。他們就是所謂的『四救先生』呀！」我問：「四救是什麼意思？」他答道：「做幕僚的人有相傳的口訣，叫做救生不救死，救官不救民，救大不救小，救舊不救新。所謂救生不救死，就是說死的已經死了，絕對救不回來；生的還生，又把他殺了來償命，這便多死一個人了。所以寧可設想方法幫他開脫。而死者是否含冤，就不去計較了。所謂救官不救民，就是說在上訴案件中，如果上訴者冤屈得到伸雪，那麼原審官員是禍是福便難預料；倘使上訴者冤屈不得伸雪，即使**反坐**其罪也不過判處**軍流**罷了。而官員是否錯判，則不是所考慮的事了。所謂救大不救小，就是說如果罪責由大官承擔，那麼權大位高的處罰愈重，而被牽連進去的人必定多；如果把罪責歸到小官身上，那麼權位輕的人處罰也比較輕，而且結案較爲容易。至於小官應不應擔當這個罪，則不是所考慮的了。所謂救舊不救新，就是說舊官已經卸任，有些錢糧等類事情未了結，把他扣留下來，恐怕未必能償還；新官剛剛來，前任有些遺留下來的事情，強壓他辦還是可以辦得了的。至於新官是否接受得了，則不是所考慮的了。以上這些都是以君子的立心，來做忠厚長者的事情，並不是想從中撈些什麼，而玩弄法律條文來作弊，也不是對誰有恩、對誰有仇，而私下加以報復。但是人情千態萬狀，世事變化多端，本不能偏執一個方面來立論。倘處處堅持照四救四不救的原則來辦事，那麼有時便會**矯枉過正**，顧此失彼，本想造福而反造下罪孽，本想平息事端而反生出事端，這種情況是常常有的。今天所審訊的人，就是

【反坐】法律名詞，指把被誣告者擬得的刑罰加給誣告者承受。
【軍流】處流刑發配到軍中服雜役。
【矯枉過正】矯，糾正。枉，彎曲。把彎曲的東西扳正，結果又歪向另一方。比喻糾正錯誤，超過了應有的限度。

因此而惹了禍的。」我問：「這些人會受到什麼樣的報應？」答道：「種瓜得瓜，種豆得豆，前世的罪業糾纏牽連，因果報應最後必然湊到一起。這些人在來世中，不過也遇到四救先生，被他們列入四不救之列罷了。」俯仰行禮之間，我忽然醒來了，也不知道爲什麼會做這個夢，難道是神明藉此來告誡人們嗎？

【內容評論】

本篇所列舉的四救四不救辦法，雖說是幕僚相傳的口訣，實際上也是官員們爲官處事的準則。它的特點是不問是非曲直，不管責任屬誰，只求事件容易了結，不在自己任內發生麻煩、影響到自己的前程便可。這種害人不淺的壞辦法，根本不是什麼「以君子之心，行忠厚長者之事」。官場黑暗，讀了本篇當可更加深一層認識。

《灤陽續錄》卷

富人詭計

老奸臣猾的人，有時會失敗的：富有而放縱專橫的人，有時也會失敗的。如果老奸巨猾的人利用上富人的錢財，以財富來助長他的奸計，那就無法查究了。**景州**人李露園講了這樣一件事：河北、山東之間地方，有個富翁死了老婆，見本鄉某人的新娘子貌美，很羨慕。他暗中支使一個老婦租屋與新娘子爲鄰。老婦千方百計對新娘子的公婆遊說，並用許多錢買通了他們，要公婆用不孝的罪名休了兒媳婦，並約定不要讓其兒子知道這事。另外，富翁又派一個和新娘子娘家向有來往的老婦，用許多錢買通他的父母，假意將被休的女兒送回婆家。公婆也假作有後悔之意，留親家吃飯，已把兒媳婦叫入房裡了，不一會兒，兩親家彼此口角起來，互相責罵，仍舊把兒媳婦趕走。這事也不讓兒媳婦知道。於是，富人出錢買通婆家，婆家接受錢財休媳的**買休**、**賣休**行爲，以及婆家與娘家同謀的事，都被掩蓋得無跡可尋了。不久，這兩個老婦又

【景州】今河北景縣。

【買休賣休】富人用錢買通人家休了媳婦，是買休；反之受錢休媳那家是賣休。

【鄧思賢】據沈括《夢溪筆談》說，鄧思賢是個善寫訴狀並傳授這種技術的人。
【包龍圖】即俗稱的包公，名拯，曾任龍圖閣學士，世稱包龍圖。

假裝成媒人，爲富翁和媳婦娘家商談婚事。富翁以怕女子不孝的理由推辭，女家又以貧富不配的理由推卻，於是陰謀嫁娶的詭計，也掩蓋得無跡可尋了。又過了很久，再有親友爲富翁說合這樁婚事，這才下了聘禮。休妻的丈夫雖然貧窮，但他家從前本是世家大族，因爲被父母所逼，把無罪的妻子休了，已苦惱得生起病來，但還希望能破鏡重圓；這時聽說休妻出嫁已訂下日期，終於憤恨抑鬱而死。死後，他的魂魄變爲惡鬼來到富翁家，富翁成親的晚上，惡鬼在燈下現形，阻撓搗亂，使他們不能同床。這樣一連鬧了幾夜。富翁改在白天與新娘同床，新娘又惱怒道：「哪有前夫在旁邊，卻與新嫁丈夫幹這種事的？又哪有才進門三天的新娘子，大白天關起門來幹這事的？」大哭著不肯答應。富翁無可奈何，於是請來術士治鬼。術士登上神壇燒符，指揮吆喝，好像看到了什麼東西，突然起身告辭道：「我能夠驅除妖邪鬼魅，卻不能驅除冤鬼。」富翁請來和尚念經禮懺，也沒有效果。富翁忽然想起新娘子的前夫向來很孝順，所以父母休他妻子也不敢阻攔，於是他再用錢收買媳婦原來的公婆，叫他們訓誡、趕走其兒子。公婆雖痛心兒子之死，但貪圖錢財，姑且一齊來到富家怒罵兒子。

鬼哭道：「父母來趕我走，我沒有再待下去的道理，只好到陰司去控告罷了。」鬼患從此停息。不到半年，富翁竟然死了，或許是鬼的控告得到了公正的判決吧！

富翁這種做法，縱使是擅長打官司的**鄧思賢**也告不倒他，即使讓明察秋毫的**包龍圖**來審理也無法看透。而且富翁自恃**錢可通神**的力量，甚至能夠驅鬼，其心計也可謂巧詐了，但終究不能逃過陰司的**照業鏡**。聽說富翁所花的錢不少於幾千兩銀子，得到的歡樂不多，反因此送掉性命，由此看來，就說那富翁是最愚蠢的也可以，那巧妙的算計又巧在哪裡呢？

【內容評論】

富翁謀奪別人的妻子，不惜毀盡心機，層層佈下圈套，又步步消除害人痕跡，居心險惡，令人悚然。而爲了金錢，婆家可以賣媳，娘家可以賣女，亦泯盡天良，可悲可鄙。作者認爲富翁詭計之周密巧妙，連法律也奈何他不得，惟有陰間的報應，才能使他得到應有的懲罰。這眞是對當時社會的莫大諷刺。

【錢可通神】張固《幽閑鼓吹》記載：唐代張延賞審一大案，見桌上留一小字條，內稱錢三萬貫，請不要審問此案。張大怒。明日，又有一字條寫道：「十萬貫」。張遂撤掉案子。子弟乘間探問，張道：錢十萬，已可通神，沒有不能挽回的事了。我怕惹禍上身，不得不停止審問此案。

【照業鏡】佛教謂陰司有面業鏡，能照見人們在世時的善惡行為。

駁乩詩

清代乾隆二十七年九月，我的門生吳惠叔邀請一位扶乩的人來，在我家綠意軒中擺壇降仙。沙盤中寫出**下壇詩**道：「沉香亭畔艷陽天，斗酒曾題詩百篇。二八嬌嬈親捧硯，至今身帶御爐煙。」「滿城風雨**薊門**秋，五百年前感舊遊。偶與蓬萊仙子遇，相攜便上酒家樓。」我說：「那麼你就是**青蓮居士**嗎？」批道：「是的。」趙春澗突然站起問道：「大仙飲**斗酒題詩百篇**的地方，似乎不是在沉香亭上。**楊貴妃**在馬嵬坡被縊死，已經三十八歲了，似乎捧硯時不止十六歲。大仙平生的行蹤，未到過**漁陽**，怎麼忽然感念舊遊？唐代**天寶**年間到現在也不止五百年，爲什麼大仙誤記了？」乩盤上只批「我醉欲眠」四個字。再問它，乩架不動了。大概乩仙多是有靈氣的鬼所依託，但還是實際有所憑藉的。如今這個扶乩的人，則似是個略懂吟詠詩歌的人，練熟了手法而做出來的，所以必須這人同另一人共同扶乩，才能寫成字體，換一個人便寫

【下壇詩】所謂神仙降臨時表明身分的話。

【薊門】薊州。唐代轄境為今天津薊縣一帶。

【青蓮居士】唐代大詩人李白自號青蓮居士。

【斗酒題詩百篇】杜甫《飲中八仙歌》：「李白斗酒詩百篇，長安市上酒家眠。」《新唐書・李白傳》稱唐玄宗曾召李白到沉香亭賦詩，但斗酒百篇的舉

動，則不在沉香亭上發生。

【楊貴妃】唐玄宗寵妃楊玉環。安祿山叛變，玄宗逃離長安，行至馬嵬坡，將士恨楊氏兄妹誤國，發生騷動。玄宗被迫將楊玉環縊死，死時年三十八歲。以此推算，則小說流傳的楊玉環捧硯讓李白寫詩時，也不止十六歲了。

【漁陽】唐薊州治所在漁陽。

不成字了。他所寫出的詩都是留連風光景物，處處都用得上的。可知這絕不是古人降壇。那天驟然間被趙春澗擊個正著，其狼狽的情形令人發笑。

後來，我偶然和戴東原**庶常**談到這事，東原驚叫道：「我曾見另一扶乩的人，請到太白降壇，也是這二首詩，只不過改『滿城』爲『滿林』，『薊門』爲『大江』罷了。」因此知道江湖遊士，本有這種稿本，互相流傳傳授，本來就不值得去深入查究。（宋蒙泉前輩也說：有一個扶乩的人到德州，一下子就完成一首詩。後來我查書，發現那都是鄉村兒童的啓蒙課本《詩學大成》中的句子哩！）

【內容評論】

扶乩這種迷信活動，過去頗有人信之不疑。拆穿了不外運用兩種方法，一是平時準備好一批模稜兩可的乩語、處處都套得上的詩詞，二是鍛鍊手法純熟，隨機應變。

方法簡單，殊不高明，所以只能騙騙沉迷於此的迷信者，明眼人是隨時能指出乩語謬妄，拆穿其騙局的。

【天寶】唐玄宗年號，其時至清乾隆二十七年，中間相隔已一千多年了。
【庶常】官名。翰林院庶吉士的俗稱。

書癡

先父姚安公對我說：「子姪輩除讀書之外，也應當使他們略懂些管理家事的知識，略懂些處世的方法，然後才能夠管好家事，才能夠出來到社會做事。明代末年，道學被捧得越來越高，科第功名被看得越來越重，於是，狡猾的人端坐著空談**心學**，以攀上高位，互通聲氣拉攏；樸實的人則死守著課本，以求取科第功名。使得讀書人之中，十個裡頭也找不到兩三個懂得世事的。明代崇禎十五年，你高祖父厚齋公將全家遷到河間府，以逃避孟村土寇的騷擾。厚齋公死後，聽說大軍將到河間府，於是全家又打算遷到鄉下居住。臨走時，鄰居一位老人家回頭看看門神嘆道：『假如現在能有一個像**尉遲敬德**、**秦瓊**那樣的人，天下也不會落到這般地步！』你的兩位曾伯祖，一位名叫景星，一位名叫景辰，都是有名氣的秀才，他們正在門外捆紮鋪蓋，聽了這話，便同他爭辯說：『這是**神荼**、**鬱壘**的畫像，不是尉遲敬德和秦瓊呀！』那老人家

【心學】南宋陸九淵、明代王守仁創立的學派。他們把「心」看作宇宙萬物的本原，提出「聖人之學，心學也」的理論，因此後來便稱此派為心學。
【尉遲敬德、秦瓊】唐太宗部下兩員勇將，後來被奉為門神。
【神荼、鬱壘】傳說中上古有神荼（音舒）、鬱壘（音慮）兄弟二人，能捉鬼。後世遂繪二人貼門上，左神荼、右鬱壘，俗稱門神。

【丘處機】元代道教首領丘處機，道號長春真人，曾隨軍遊西域。丘的弟子李志常據其事蹟寫成遊記，稱《長春真人西遊記》。

【東方朔】西漢文學家。《神異經》是一部志怪小說，為後人所作，託名於他的。

不服氣，取出**丘處機**著的《西遊記》來作證。二公認爲這是來源於小街陋巷的小說，不足爲據，又到屋內取出**東方朔**的《神異經》和老人爭辯。當時已是黃昏，查找翻檢書籍既費了許多時間，反覆講解辯論又費去不少時間，這時城門已經關閉，他們也就出不了城。第二天將要動身，而大軍已把城池包圍起來。城被攻破，他們便全家遇難。只有你曾祖父光祿公、曾伯祖鎭番公及叔祖雲臺公活下來而已。當生與死處在一呼一吸的瞬間，間不容髮的時候，他們還在考證古書的眞僞，豈不是只知讀書不接觸世事的緣故嗎？」

姚安公這番議論，我初時寫作的各種筆記，都不敢記載，因爲這涉及到兩位曾伯祖。現在再細想這事，書癡還不是不好的事，自古以來大學者像這樣的不止一個，因此，我便把它補記在這裡。

【內容評論】

明代末年道學盛行，科第受重，讀書人受其影響，成了只知死讀書的書呆子，對世事人情，懵然不知。到了清代初年，這種風氣仍然存在，作者對此深爲不滿，通過這個故事來揭露它的毒害。文中寫書呆子辯論門神的情態，愈認眞莊重愈顯出其呆氣十足，刻劃盡致，讓人如見其人。

雲南一縣令

我的門生中有個在雲南做知縣的，他家境本來十分貧寒，只能攜帶一個兒子和一個僕人，經濟窘迫地前去赴任。他在雲南省城候補職缺，等了很久，最後得到委派在某縣。這個縣在雲南還算得上是個肥沃富庶的地方，但是距離省城很遠。他的老家又在偏僻的鄉村，很難**魚雁**往返，偶然找到送信的人了，又不免中途失落，所以他和妻兒幾乎斷絕了音訊。他的家人也只能從書坊印行的《**搢紳錄**》中，查到他在某縣做官而已。這時，偶然有個狡猾的僕人舞弊，縣官把他打了一頓板子後趕走了。這僕人對主人懷恨入骨。他對縣官的家事本就知道得詳細，於是僞造一封書童的信寄到縣官的老家。信中說：主人父子先後死了，兩副棺材現在暫停放在佛寺裡，你們應當借錢來迎取棺木回去。信裡還轉述了縣官的遺囑，對家中各事的處理都很詳細。起初，縣官前往雲南時，親友們認爲他爲人樸實，說話遲鈍，估計他未必能補得到職缺；即使得

【魚雁】古樂府《飲馬長城窟行》：「呼兒烹鯉魚，中有尺素書。」《漢書．蘇武傳》：「教使者謂單于，言天子射上林中，得雁，足有繫帛書。」後因合稱書信為魚雁。

【搢紳錄】書坊定期刊行的職官姓名錄稱《搢紳錄》，內載各官員姓名、籍貫、任職等。

到職缺了，也肯定分配到貧困荒僻的縣分。後來知道他在這個縣做官，才對他的家屬漸漸親近，並且有對他家屬給予接濟的，也有經常贈送禮物慰問的。縣官的兒子有時要借錢，人們也每每答應，並且有想以子女來跟他家結親的。家鄉人有宴會舉行，他的兒子無不被邀請參加。及至接到那封僞信，親友都大爲失望，有前來弔唁的，也有不來弔唁的。漸漸有前來討債的人，漸漸有在路上相遇而裝做不認識的人，家僮僕人、婢女老媽子都走了。不到半年，縣官的老家已經冷清得門可羅雀了。

不久，縣令託一位進京晉見皇帝的官員，帶一千二百兩銀子回家，用來迎妻子赴任所，他們這才知道前時那封信是假的。全家於是破涕爲笑，好像在夢裡一樣。親友這時又漸漸再到他家，但是避而不敢見的也大有人在。後來，縣令在寫給親友的信中說道：「一時貴一時賤所碰到的炎涼世態，經歷的人多了；一時貧一時富所碰到的炎涼世態，經歷的人也很多。至於活著的人忽然變成死人，死了半年多而又復活，這其間的人情世態能夠讓一個人親身經歷的，我大概是第一個了。」

【内容評論】

雲南一位縣令的一生一「死」，立見榮衰。其中描述縣令生時，鄉人對其家屬的熱，與「死」後的冷，形成強烈對比。亦可見出社會的炎涼世態和人情翻覆。

宣武門土堆

北京**宣武門子城**裡面，有五個像小山丘似的土堆，上面砌上磚，當地人說這是五位火神的墓。明成祖北征時，使用火仁、火義、火禮、火智、火信五人製造飛炮，在亂柴溝打敗了元兵。後來，明成祖認爲這五個人技術太精湛了，恐怕會成爲禍患，便殺了他們葬在這裡。樹立五根木竿在更鼓樓旁邊，每逢年節祭祀他們，使鬼魂有所歸宿，不致成惡鬼騷擾。後來明成祖轉世投胎爲明**莊烈帝**，這五人轉世投胎爲李自成、張獻忠一班「賊人」，專爲報仇。這些傳說其實是**齊東野語**，不但正史沒有記載，就是明代的稗官小說之類的書，儘管多得**汗牛充棟**，也從沒有談及這五個人和有關的那些事。

乾隆三十三年秋天，我見到漢軍步校董某，他說從北京營退伍老兵聽來的話是：這五個土堆是測量水位高低的。京城地勢，只有宣武門最低。街巷裡的水，遇到下雨

【宣武門子城】宣武門：北京舊城有九門，其南之西門，元代稱順承，明代改稱宣武，俗又稱順治門。見《嘉慶一統志》。子城：大城所附的小城，如內城及月城、甕城等。

【莊烈帝】明思宗亡國自縊，清順治十六年謚為莊烈愍皇帝。

【齊東野語】齊國東鄙野人之語。見《孟子・萬章》。後指不足採信的話。

【充棟汗牛】柳宗元《陸文通先生墓表》：「其為書，處則充棟宇，出則汗牛馬。」充棟宇，是説書籍堆滿屋子，高可到棟樑；汗牛馬，是説牛馬運送書籍時累得出汗。後人以汗牛充棟形容書籍之多。

時便匯聚到子城來。每逢夜裡下雨下得緊，守護士兵即起來，看看這土堆，如果水將浸到頂了，便叫人打開城門排洩掉；如果等到水浸過土堆頂，那麼城門便會被水所阻塞，打不開了。現在歷時日久，漸漸忘了這個措施，所以有時會發生障礙。那城樓上的五根木竿，則是與白塔的信炮內外呼應的。如果聽到了信號炮響，那麼白天便在木竿上掛旗，夜裡則掛上燈籠。這和五位火神有什麼關係呢！」這話似乎近於情理，必定是有所根據的。

【內容評論】

民間傳說，往往有附會其事而成的，相傳日久，不免以訛為眞。作者留意所謂五火神墓，發覺史料上並無這樣的記載，頗覺可疑。至於他引用京營舊卒的解釋，倒是言之成理、較爲可信的。

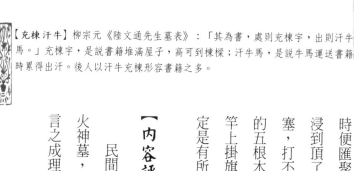

鬼怕強項人

戴東原講了這樣一件事：他的本族祖父某人，曾租賃偏僻小巷裡的一所空房。房子很久沒人居住，有人說裡面有鬼，某人厲聲說道：「我不怕。」到了夜晚，果然在燈下現出鬼形，陰寒之氣，刺人肌骨。一個高大的鬼怒喝道：「你眞的不害怕嗎？」某人應聲答道：「是的。」那鬼便作出種種醜惡形狀，過了許久，又問道：「你仍然不怕嗎？」又答道：「是的。」那鬼臉色稍爲和緩，說道：「我也不一定要趕走你，不過怪你口出大言罷了。你只要說一個怕字，我就離開。」某人怒道：「我實在不怕你，怎能撒謊說怕呢？任從你要怎樣做便怎樣做吧！」鬼仍是再三再四地那樣說，某人始終不答。鬼便嘆口氣道：「我在這裡住了三十多年，從來沒見過像你這樣倔強的人。這樣愚蠢的東西，我怎可以和他同住一起！」說完，突然消失了。有人責怪某人道：「怕鬼是人之常情，並非恥辱。你假裝答以說怕，便可息事寧人。像這樣彼此激烈對抗，那將弄到怎樣的田地呢？」某人說道：「道力深厚的人，用穩定和寧靜來驅除魔怪，但我不是這樣的人呀！我用剛強的氣概來壓它，那麼氣勢旺盛則鬼不敢相逼；如果我稍微遷就，便會氣餒，而鬼得以乘機侵犯。它用各種方法來誘我入圈套，我幸好沒有中了它的詭計。」議論這事的人認爲某人的說法是對的。

【内容評論】

這個故事中的鬼和別的鬼有所不同，它先是採用嚇的方法，嚇不倒人就改用哄的手段，可謂軟硬兼施，靈活應變。不料戴某竟是那樣固執剛強的人，既不怕嚇，也不受哄，結果不是人怕鬼，而是鬼怕人了。

嚴先生

李匯川講了這樣一件事：有位嚴先生，忘記他的名和字了。適值鄉試日期臨近，嚴先生爲了準備應試，於學生下課後，獨自在燈下讀書。一個書僮爲他送茶進來，忽然**失聲**跌倒在地，茶碗「乒」的一聲打碎了。嚴先生受驚，起來查看，只見一個鬼披頭散髮，瞪大眼睛站在燈前。嚴先生笑道：「世界上哪有鬼？你必定是個狡猾的賊人，裝成這樣子，想嚇跑我罷了。我沒有多餘的東西，只有一個枕頭，一床蓆子。你要偷東西可到別處去。」鬼還是一動不動。嚴先生發怒道：「你還想騙人嗎？」拿起**界尺**打它，一眨眼鬼就消失了。嚴先生四下查看，並沒一點蹤跡。他自言自語道：「竟然眞的有鬼嗎？」隨後又說道：「人死後魂昇上天空，魄降落在地下，這道理是很明白的。世上怎麼會有鬼，這大概是狐魅罷了。」便仍舊挑亮燈火，琅琅誦讀不停。這位先生的倔強，可謂到了極點，但是鬼竟然也避開了他。大概他那執拗的氣

【失聲】禁不住發出聲音。
【界尺】寫字時用以間隔行距或壓紙的尺子。

【同年】科舉考試中同科考中的人互稱為同年。

性，百折不回，也足以壓倒鬼魅的。

又聽說過有位書生，夜裡在走廊散步，忽然見到一個鬼，便喚鬼過來，對它說：「你也曾做過人，爲什麼一做了鬼，便喪失了人的常情了？哪有深更黑暗的時候，不分內外，竟然闖入人家庭院的呢？」鬼於是就消失了。這就是人們心裡不懼怕，所以神智就不會紛亂，鬼也無法侵犯他了。

另外又有一件事。故城縣沈豐功老先生（名叫鼎勛，我父親姚安公的**同年**），留在夜裡歸家時遇到下雨，地上泥水縱橫，他和一個僕人互相攙扶著行走，都分辨不出道路來了。他們行經一座荒廢了的寺廟，以前人們都說這廟裡常鬧鬼。沈老先生說：「找不到人問路，暫且到廟裡找鬼來問問吧！」他們徑直入內，繞著殿廊喊道：「鬼大哥，鬼大哥，請問前邊路上的積水深淺如何？」但殿裡寂然沒有回聲。沈老先生笑道：「想是鬼都睡了，我們也暫且歇歇。」便同僕人一起倚著殿柱，睡到天明。這是胸懷灑脫的人，故意開鬼的玩笑罷了。